Malin Willbo

Ord att fästa i
dräll av rött

Ett stort tack till alla*, som
på det vis de erfarit, lärt
mig väldigt mycket.*

Ord att

fästa i dräll

av rött

© 2020 Malin Willbo

Förlag: BoD – Books on
Demand, Stockholm,
Sverige

Tryck: BoD – Books on
Demand, Norderstedt,
Tyskland

ISBN: 978-91-7969-681-8

Omslag av Pippi Laninge

"En människa som inbillar sig vara lycklig, även om hon i sanningens ljus skulle betraktas som olycklig, vill inte ryckas ur sin villfarelse;- och den som försöker ta henne ur villfarelsen blir hon förbittrad på, då den vill ta död på hennes lycka. Hon behöver alltså komma till insikt själv. I Jenny Lind, sägs H.C Andersen ha varit olyckligt kär under hela sitt liv.

En man - gick nu till mötes samma öde som H.C Andersen inför hans alldeles egna Jenny Lind. Det är med avsikt hans hjärta talade att Andersen var olyckligt kär under hela sitt liv, istället för i hela hans liv. När han ingrep, och bearbetade ordets betydelse; **under -** *genomlevde kännedomen i honom det ordets beskaffenhet, och det ingrep för honom, alla de stunder och känslor han bar. Det blir förevigt påtagligt och konstant han fortsätter att smärtas i älskogens fördärv längs med dagarnas fortskridande. Han är dömd att evigt förbli medveten i sitt hjärtas varje slag om sin olycka. Trots att solen på nytt var dag reser sig, redo att skina över allt och alla med sitt enastående sken, fortsatte hans hjärta trots allt; att slå i samma ödesbestämande brustna slag. En gång målade han kärleken som den allra högsta av lyckan. Svärmeriet fick honom ständigt att sträva, och att vara allt för sin älskade. Det tillhör nämligen i den lidelsefulla kärlekens natur att vilja uppfyllas i genkärlek. Och om han en gång briljerade i anseende, famlade han nu istället i mörkret. Men det var trots allt i mörkret han först lärde sig att uppskatta och komma att älska ljuset. Ljuset är numera likt den hysta kärleken de en gång delade inför varandra. Nu* är det istället mörkret som slukar honom i den lidelsefulla kärleken inför sin älskade, alltid redo att uppfylla dennes önskningar. Kärleken, likt som solen – måste vara sig trogen för sin mening, den måste var dag stiga på nytt och upplysa om sina egendomliga krafter. För först när det är en plikt att älska, en plikt att stiga, endast då är kärleken för evigt betryggad mot varje förändring, och förevigt frigjord i någon salig form av oavhängighet och förevigt lyckligt säkrad mot en förtvivlan. Han sade slutligen till sitt förstånd: *"Men åh; - hur ska kärlekens förbund av pliktförtrogenhet stå sig i jämförelse med solens ljus? Det kan jag inte kräva av dig, min älskade; - att du är lika trogen som solens evinnerliga lyse, och att du ska med mig leva i gemenskap och ändå förbli självtrogen. Då molnen inte längre kommer att anspelas på himlen, och solen kommer att bäras av vind, ska den på åter lysa över mig, och jag kommer då att nysa; - och mitt hjärta kommer då att stanna"*.

För var gång man nyser så erbjuds man en ny chans. Hjärtat stannar blott en sekund, och allt startar om på nytt. De som är för ivriga efter den nekas den, medans de som är den ovetandes välkomnas den. Likt kärleken. Såsom skuggan flyr för ljuset, träds kärlek vid första ögonkastet invid. Det finns ändock ingenting som är av lika stor tjusning, som att möta den enda utvalda käraste i världen...

...Det är lika underbart varje gång.

-Må dessa rader gömma, från den som aldrig glömmer dig".

Dessa rader tillägnas alla de som älskat, och till de behjärtade som fortsätter att älska.

Jag önskar eder nu, en god läsning.

Kapitel 1.
Prärievidderna

Han var ännu inte
införstådd om vem han var
eller *vad han var*, ännu
inte upplyst och därför inte
vidare vinningslysten.
Han var en av de första,
den första t.o.m. som
skulle komma att granska
världen med sina rötter.
Han var den första mannen
som skulle tolka och
förstå, känna och vidröra
allt vari världens grönska.
Han stod ensam men långt
ifrån ensamlevande. Han
var föränderlig likväl som
beständig.
Ja, mannen var en av de
första människorna som
utforskande både
tänkandet och lärandet,
bedömningen och
befrielsen.
Mannen var en av de första
människorna som skulle
komma att både lusta och
smärta, tråna och sörja.
Han var lika svart och
vacker som nattens täcke,
och hans ögon var lika

intagande som
honungsfärgade blomörter.
Mannens förfäder hade
vandrat ur samma jord
som han själv nu vandrade,
fast istället för omkring
fem miljoner år sedan.
Mannen hade som liten
hört ur vinden då han
formades, att hans släktes
händer hade brukat
redskap som däri infattade
både omtanke och
uppfinningsrikedom.
Men det var mannen själv
som skulle vara att
företräda *den moderna
människan.*
Mannen, som på eget
bevåg vandrade över den
afrikanska kontinenten,
fick komma att lära sig
Afrikas utvecklade
moderna egenskaper, och
på så vis växte han fram
när de två blandades med
varandra.
Han var ensam men inte
berörd av detta, han visste
ej ännu vad det innebar att
känna ensamhetens
lidelser. Han konstaterade
endast att han vandrade
utan sällskap.

Vad mannen däremot var berörd av, var Serengetis hårda nätter och hur de fick honom att frysa. Denna natt skulle visa sig vara värst. Mannen hade sedan två nätter tillbaka, förlorat det svid vari han tidigare värmt sig med under Afrikas likgiltiga nätter. Han hade blickat ut över det landskap vari han befann sig, och därtill skådat månen. Det var alldeles tyst runtomkring honom. De enda ljud han hörde kom ifrån några rödtornsakaciabuskar som uppenbarade sig för honom en bit bort under månljusets sken. Deras ruskande vaggades med hjälp av nattens susningar, och de fick mannen att frysa desto mera. Han blickade mot buskarna ånyo och fick nu se att bakom dem, målades andetag ut mot den kalla natten. Månskenet företrädde ångan desto klarare.

Mannen blev nyfiken, så som av honom förväntas, och han trädde desto närmre imman, som för honom - signalerade att han inte alls var ensam att träda över Serengetis jord. *"Andetag, likväl som mina anspelas; andas där borta"*, tänkte han. Mannen begrundande inte mer än så, och motsatte sig inte heller någon direkt fara när han började gå mot dimman under månskenets ljus. För även om mannen ännu inte hade lärt sig att frukta, hade han i sitt blod en beskådan av att känna kroppens lidelse av köld och törst, och att köttets lustar var vedersakare - som är och förblir, de starkaste drivelementen för människan att utforska. *"Det andas stort, alltså kanske det lever därefter likaså"* konstlade mannens begrundan då han strax befann sig ett ögonblick bort för få möjlighet att granska vad det var som ofrivilligt hade avslöjat sig i orsak med hjälp av mannens förträffligt goda

förmåga att se i mörker -
till hjälpen av nattens kyla
och månens beundran som
lyste över Serengeti.

*"Vem där, och varför
träder du dig så nära
mig?"* uppruskades ord ur
en mun likväl så mörk som
natten själv. *"Svara mig
säger jag, vem är du, och
framförallt, vad är du"*?
Upprepades av den gestalt,
som för mannen ännu var
okänt, men som snart
skulle komma att ändras
på.

*"Vem jag är...vad jag
är...vad är dessa frågor
detta okända försöker få
mig att ge svar på"* tänkte
mannen. Han begrundande
varelsens ohyggliga
skepnad som gav honom
en skärrande känsla, en
känsla han var sig tidigare
bekant med. Mannen
förberedde sig att ha ihjäl
odjuret om det var att
försöka sig närma eller
snärja honom, vars var
djurets gåva mot
människan när de antogs

önska äta dem.
*"Kom närmre, jag ser dig
inte"* sade odjuret till
mannen. Mannen tycktes
överlägsen med sin syn i
mörkret och betraktade
ännu en gång den skepnad
som figurerade under
månskenets ljus. Mannen
steg närmre och svarade:
*"Jag vet ej vem jag är,
eller vad jag är. Jag
trodde att jag vandrade
under nattens måne i
ensamhet, jag hade fel.
Jag vet att jag fryser, och
strax kommer att dö om så
inte ändras, jag har
beskådat det hända
likadana som jag förr, och
äro nu anledningen till
varför jag ensam
vandrar".* Odjuret reste
sig upp från den håla i
marken vari den tidigare
under natten grävt ned sig i
för att behålla värmen, och
ruskade på sin kropp som
avlossade små jordkorn
som mannen smakade mot
sina läppar. När odjuret
var helt sträckt och
uppstånden på sina ben,
nådde den över mannens

huvud.

-"*Jag vet hur det är att ensam vandra, jag anlände hit för 10 000 år sedan under min senaste vandring, jag förlorade alla mina likar under isens elände*" sade odjuret till mannen.
Mannen förstod inte innebörden om det som talades att vara av isens elände. Men odjuret var bekant med det genom vindens vår och sorgens tår.
"*Fruktar du mig*" frågade odjuret mannen, samtidigt som det tittade ned mot honom med vars svarta ögon klädda med gul iris, och varma andetag. "*Nej du värmer mig*" svarade han odjuret.

-"*Jag vet nu vem du är, och vad du är, jag kan med en svaghet känna din doft med mina sinnen, du är människa och äntligen har du funnit mig.* "*Du och tusentals andra kommer att känna mig som varg,* *och dina efterträdare kommer att känna mig som hunden*".

Mannen begrundande odjurets ord, samtidigt som han var beredd att flykta det, om det vore att attackera honom. Han hade aldrig tidigare sett något så ohyggligt stort på så nära håll, och han visste att om odjuret önskat äta honom, hade det förmodligen redan gjort det vid första stund då han uppenbarade sig för det. Mannen förstod förvisso inte de ord som odjuret nyss avvarat för honom, och inte heller reflekterade han över odjurets beskaffenhet, då han inte förmådde att göra detta. Mannen var däremot, nyfiken på hur odjuret talade och förde sig. Det var på ett vis så olikt från honom själv och andra djur han beskådat. Odjuret indikerade fara, men var samtidigt timid, mannen fruktade inte längre dennes stora svarta fasad och

11

ilande gula ögon. Han frågade: *"Vad är varg, och varför önskar du inte att äta mig, som så många andra dig lika, önskat att göra förr?"*.

-*"Jag är klokare än andra av min art, och du skall hjälpa mig att bli fullkomlig under min resa mot att bekanta mig som din närmsta frände, du har mig mycket att ge, men också av mig mycket att återfå"*. *"Jag kommer till dig att lyssna när du mig kallar, och du kommer att mig kalla mig när jag behövs"*.

"Jag kommer att lyssna till det namn du ger mig och inget annat, och med det namn jag då vidare bär och lyssnar till, kommer jag dig aldrig att svika, om du mot mig äro rättvis, och aldrig orätt".

Odjuret började vandra bortåt mot de buskar mannen tidigare hade fått syn på, och mannen övervägde odjurets ord. Han kände att odjuret kunde komma till nytta vid faror och ovisshet, då det både var påstridigt och skrämmande, och han visste att andra djur skulle betrakta det likaså.

Mannen trädde efter i odjurets spår som märktes i marken av dennes ofantliga tyngd och svarade: *"Vi skall vandra tillsammans, om du bara lovar att värma mig, jag är stunder ifrån köldens betagenhet och från det finns ingen återvändo"*. Odjuret vände sig om, och för första gången betraktade det mannen, likt mannen betraktat det, och svarade: *"jag ser dig inte, jag vittrar dig endast"*, -*"jag vet att jag hade varit desto mer tursam om natten om jag hade kunnat se klarare, du tycks se bra om natten men du verkar ej göra nytta av din egenskap. Jag vill med ögats förmåga kunna både jaga och äta bättre, jag kan endast vittra mina byten, och detta ymnigt under månens ljus men det är inte alltid tillräckligt för att fälla dem".* Mannen lyssnade till odjuret som fortsatte att uttrycka sina önskningar.

-*"Ge mig din syn under dygnets mörka timmar så kommer jag tillgå dig värme, jag kommer då att kunna se bättre och där sagt vidare erhålla dig med föda, vi skall samarbeta, och du ensam aldrig mer behöver jaga".* *"Låt din egenskap bli min".*

Mannen satte sig ned mot den torra marken, kuvandes emot ett tulpanträd som han under dagen sett sig trotsa den brännande solen runtom de torra flodbäddarna varomkring det befann sig. Han lade sig ned mot marken och knöt sig som en knut för att bibehålla den lilla värme han hade kvar inuti hans kropp, och blundade. Han svarade slutligen odjuret: *"Jag skall kalla dig Calor, som*

betyder värme, så att jag minns att jag försakade min syn åt något som äro viktigare än att se, och du skall göra mig påmind att för var gång jag dig kallar, att du räddade mitt liv under nattens ila med din värme". Odjuret började parera mot mannen i stilfulla steg, iklädd sitt svarta pälstäcke som bars upp av den mest förträffliga varg som stäppens jord någonsin erhållit, lade sig framför mannen och viskade: *"Du måste yttra mitt namn, och vad jag skall göra för att jag dig skall kunna hjälpa, även om jag tror mig veta, säg mitt namn en gång för att hedra mig och jag efterträdande gånger därefter kommer att veta vad du önskar även om du mitt namn ej yttrar".* Mannen sade till odjuret: *"Calor, värm mig, jag ber dig, värm mig och jag ger dig min syn under nattens timmar fram tills gryningen släcker månen".* Calor sträckte på sig, han

reste sig som ett vidunder som fruktades av andra levande, för att enkelt stå stolt som den varg han var menad att vara, för att åter lägga sig ned på marken bredvid mannen som Calor, Calor; *den seende.* Calor värmde mannen med sin stora kropp, han lade sig bakom honom så att hans buk skulle värma mannens ryggtavla, han kände mannens andetag mot sin kropp och hur de andades i takt till hans egna. Han tittade ut över stäppen och såg genom mörkrets skildringar, och han då, för allra första gången under alla de tusentalsår han levt, benådade dess rike.
-*"Människa, ingen skall oss åtskilja fast mången det förtryter, jag mig dock ej ombyter, blir alltid en stadig vän".* Vinden vaknade och skuggorna vid dem började att fly.

"Jag fryser inte längre, men jag öppnar mina ögon och jag möts av det okända, mina ögon ser endast månen, jag är förövad på både stäppen och tulpanträdet, min ro och mitt varse".

Calor svarade då mannen att *"den kärlek som föds ur högaktning aldrig dör ut, och att han skulle komma att älska mannen för hans svagheter, och inte han styrkor".* De somnade båda två under nattens månljus, en var värmd och en var under förfogande. Natten sjöng sin sista sång innan den lovade gryningens klockslag av två busktörnskator. Calor, med all sin vishet, visste att busktörnskator är av beundran i deras sätt att sjunga duetter tillsammans, fram och tillbaka mellan varandra. Den uråldriga busktörnskatan var den mest livskraftiga fågeln under Serengetis upprinnelse.
Gryningen välkomnade sedan mannen hans morgon då han vaknade.

Han hade sedan innan aldrig varken sovit så djupt eller tryggt som han gjort under denna natt. Han reste sig upp och såg ut över stäppen, sträckte på sig på ett underligt vis, intet alls på det vis som människan gör idag, och gäspade. Solen värmde hans bara hud, och han reflekterade över hur sårbar han var natten innan, och hur han hade dött om det inte vore för den stora besten, Calor. Han var ensam och törstig. De busktörnsskator som under natten sjungit honom till ro hördes inte längre till. Mannen tog några stapplande steg i sitt Afrika, ovetandes om att omkring 30,000 år framöver kommer hans art att erövra resten av världen. Han frös ej längre. Han begrundande inte heller särskilt mycket över att Calor inte längre befann sig vid hans sida, eftersom han och hans släkte ännu ej var fullt bekanta med tankfullhet

utan enbart ett frö av ingivelse. Det mannen ännu ej var att veta, och som inom tids nog senare skulle att visas, var att det skulle vara *just* Calor som skulle ingiva mannen sin första försjunkenhet i en särskild sorts tankfullhet, då han vid första gången i sitt liv skulle komma att förrätta sitt tarv. Detta skulle bli att förevisas för mannen inom stundande utsikter. Varma vindar blåste nu mot honom, och vinden talade i monsunvindar och han kände med en grundad erfarenhet, att det va dags att röra på sig. Han blickade mot tulpanträdet som han legat bredvid under natten, han skulle aldrig mer att se det igen. Han strövade ut mot savannens oändlighet och värmdes under solens strålar. Det fanns mycket där att begrunda, som mannen ännu ej var att förstå. Han begrundande inte vem han var, eller vad han var, han bara *var*.

Hans varande tillät honom endast att anspela fysiska uppfattningar och lidelser; därmed sagt att känna hunger, och det var precis det han var nu, *hungrig*. Mannen var begåvad av språngets hastighet, och var onekligen oerhört snabb då han satte fart i löpsteg. Han var nu tvungen att jaga för att förkväva sin hungerkänsla. Han satte fart, han visste inte riktigt åt vilket väderstreck han begav sig mot, men förlitade sig på sitt formidabla luktsinne som åtminstone skulle leda honom till vatten. Då han sprungit en stund svek hans styrka honom, då han var urlakad på energi och bestämde sig för att vila nära ett krön vid ett vattenhål. Han drack från dess vatten och släckte sin törst som han samlat på sig under sin sprint. En bit bort sprang en jättepåsråtta, dennes skrud var klädd i rödbrunt skimmer, med en undersida som var vitaktig.

Den hade stora nakna öron, och svansen den bar saknade hår och var täckt av fjäll. Mannen önskade att äta den, och precis när han gick mot den, väsnades hans steg i marken så att råttan blev sig varse honom, och den försvann åter igen till underjorden. Även om han inte begrep mycket, så begrep han att han skulle dö, om han inte åt något, och detta snart. Ett varsamt dovt sinne i honom talade i hans huvud. Han började tänka, och i små frekvenser reflektera. *"Calor...odjuret som värmde mig, kan han också bistå mig med en full mage..."*. Mannen som var sig till synes ännu inte skärpt av konsekvensens förfogande, anade inte mer än att om han vore att tillkalla Calor, så skulle Calor inte kräva honom på ännu en egenskap han bar. Det tänket besatt mannen inte ännu.

Han formade sina bokstäver på tungan utan

att veta hur, och provade att sjunga ut det namn han igår hade givit odjuret. Han ropade ut över **Serengetis savann:** *"Calor!"*. En susning från de Baobaträd som stod utspridda över savannen började att vackert svinga sina kronor som angav honom ett svalkande omfång av den annalkande känslan av att få leva. Susningen från träden gjorde sig märkt i vattenhålet som skapade ringar på dess yta. Mannen såg nu i vattnet mer än sin spegelbild, han såg också Calor. *"Du kallade mig"*, sa Calor till mannen. *"Du kallade på mig, och nu är jag här, som jag dig lovat"*.

De tittade länge på varandra efter att mannen vänt sig om och tittat på odjuret vars svarta kontraster lyste mot det askiga belägget var an de stod på. *"Jag är hungrig"*, sade mannen åter till Calor. *"Jag måste äta, annars kommer jag att dö, min mage berättar mig så"*.

Calor reste sitt krön desto högre över mannens huvud och blickade mot den spegelbild mannen tidigare begrundat och svarade:
- *"Jag, Calor, står då inför ditt förfogande"*. *"Men förstå också detta, min mästare, varelser av icke – mänskliga storheter existerar inte bara för att tillgodose människans behov, så du måste bistå mig med något i utbyte"*. Mannen förstod ännu inte att det var med hjälp av Calors vishet som skulle möjliggöra för hans släkte att ta sig över hela jordklotet med sinnrika vandringslösningar ändå från den afrikanska savannen till nordöstra Sibirien.
"Du är början till det stora, även för mig och mina, så jag skall lära dig. Och din hjälp kommer i sedan tur, garantera mitt släktes överlevnad", sade Calor. Mannen stod likväl till Calors förfogande som

Calor till honom, han var i nöd av odjurets förmågor. Han svarade sedan Calor *"Om du ger mig föda, så ger jag dig vad du önskar"*. Calor spretade sina stora svarta tassar mot marken så att sanden emellan trampdynorna stötte fram och slipade hans klor. Han svarade mannen *"Jag önskar ditt språng. Om jag hade kunnat vara snabbare, hade jag kunnat jaga bättre. Om du ger mig detta, kommer jag i retur att erbjuda dig kunskap som kommer att garantera dig topplatsen i näringskedjan över flertal landmassor, och slutligen utvecklas till att bli den mest avancerade arten i jordens historia"*. Mannen begrep ännu ej fröjden och lysten till att vara främst, men han förstod det primära, att stå högst i näringskedjan, och att det innebar att han aldrig mer skulle gå hungrig. *"Jag ger dig mitt språng"*, svarade han. Calor gav sig iväg med stora löpsteg på sina kraftiga utformade ben som gjorde honom snabbare än vad mannen någonsin hade kunnat vara på två ben, och återkom med ett byte som han presenterade framför mannens fötter och svarade honom *"Igår gav jag dig värme, det innebar att jag också gav dig elden som skall leda ditt folk framåt i er utveckling. Tillaga bytet med dennes tillgång"*. Mannen förstod ej innebörden av de ord Calor sade, men han berikades med vetskapen om elden och dennes makt, och nästa gång han skulle komma att frysa, skulle han kunna komma att tillgå den. Mannen fördelade bytet som Calor samlat åt dem och de åt sig båda mätta av det. Mannens mage var nu full under Calors förseende, men hans ben skulle aldrig mera att vara så snabba som de en gång varit. Mannen reste sig upp efter de ätit sig mätta och kände att hans ben inte längre var lika starka som innan, han beskådade Calors figur, och hur storslagen hans beskaffenhet var. Mannen i några få sekunder, fick förmögenheten att reflektera. Calor förstod, att mannen var osäker över hans förfarande mot honom och sade: *"Det är och kommer förbli mitt släktes syfte, att lära oss att manipulera er för våra egna syften"*.

Mannen blickade upp mot himlen och var inte många förmögenheter bort för att kunna åtnjuta den vackra blå färg som där och då, var klarare och blåare än varken du eller jag, någonsin skulle få komma att uppleva under vår tid på denna jord. Mannen frågade Calor med en fattig formulering: *"Vad är släkte, och vilket är ditt släkte?"*. Kvällen började omsluta sig dem och melodier av nattens orkester började att samla sig. Syrsor av alla dess olika urslag spelade längs med flodbankens kant, och alla de djur som gömt sig från solens hetta under dagen började nu att smyga fram för att briljera i sina skepnader under nattens mörka täcke. Calor ledde dem till en grotta som de skulle sova i under natten och han sade mannen: *"Du kan använda mig nu till både jakt och strid, och jag skall under denna natt och alla nätter framöver stå som vakt mot rovdjur och inkräktare. Under generationers lopp så kommer vi tillsammans utveckla en kommunikation utan dess like. Och de av art, som kommer att vara mest uppmärksammade på våra ledsagares behov och känslor, kommer att få desto större omvårdnad och extra mat, och kommer därmed ha större chans att överleva. Detta skall du minnas"*. Mannen lyssnade till Calors ord. Han begrundande dem så gott han var förmögen att göra. *"Jag skall värma dig i natt*

19

Calor, svarade mannen. Jag skall starta en eld så att jag håller oss båda varma". Calor häpnade av mannens omtänksamhet i takt till att värmen från elden började att ta fart längs upp mot grottans hårda majestätiska väggar, och förstod att det var han som givit upphovet till den. För var ord Calor talade till mannen, blev mannen desto kunnigare och mer omfattande. När de båda lagt sig ned blickade de ut mot grottans mynning som möttes av himlen som speglade allt av Afrikas liv i de stjärnor som lös genom den mörka natten. Calor lade sin stora svans omkring sin kropp så att värmen skulle lagras i den och således värma hela honom, och sade sedan till mannen:

"Du måste förstå, att nu med mina gåvor i kunskap som jag strax och längs framåt i vår vandring kommer att ge dig, blir konsekvensen den för mig och min art, att jag gör oss
en otjänst. Med din, och vidare ditt släktes kunskap och upplysning, kommer ni i framtiden tygla sådana som jag under ett koppel när vi går bredvid er sida, och ni kommer tillslut att förkasta det jämlika band vi nu delar under vår vandrings gång.
Men du förstår, jag orkar inte längre bära min insikt, den äro inte menad för en varelse som mig att bära. Den är för tung att sadla. Så för var kunskap jag dig framöver kommer att ge, och för vad egenskap jag av dig där tilltar, går jag sakta i glömska om den jag än gång var, och du likaså".
"Genom din kognitiva revolution, som jag kommer att bistå dig med, så kommer du tillhandahålla teknik och organisationsförmåga, det kommer hjälpa ditt släkte att sprida sig med hjälp av trädens förmögenheter, vindens egenskaper och de ofantliga havens sträckor ur denna afrikanska

20

begränsning, och ni kommer därmed lyckas att kolonisera den 'yttre världen' ". Calor fortsatte att berätta under stjärnornas klarhet att mannen och hans släkte skulle komma att lära sig att göra snöskor och värmeisolerade kläder med hjälp av nål när de skulle nå Sibirien. Han berättade att människan kommer att vara desto främre jägare-samlare längs tiden som kommer att bemästra både sin omgivning och dess djur, växter och föremål, men framförallt sitt inre, sina kroppar och sina sinnen.

"Ni kommer noga att syna lövverket för att upptäcka dess frukter, bikupor och fågelbon i träd. Ni kommer studera varenda bäck, valnötsträd, björngrotta och flintstensfyndighet i er närhet. Du kommer inte längre endast att söka föda och material, utan också efter kunskap".

Mannen väcktes av Calors ord, han började att se stjärnorna som mer än bara ett observerande, han började att samla dem efter mening. *"Vad betydde dem och vad stod dem för?",* började han undra. Han önskade plötsligt att *vilja veta.*

- *"Efter vårt nu nyskapade förband, som kommer att spela avsevärd roll framåt i tiden cirka tiotusentals år framåt i historien, så kommer ditt släkte börja begrunda, kontemplera förståelsen kring den tillgivenhet mellan hund och människa.*

Jag, Calor, står då inför ditt förfogande. Och allt det jag säger, skall du föra vidare.

Du skall genom min hjälp, komma att bli... den visa människan".

Calor sträckte på sin stora ståtliga kropp och vandrade ur grottan för att istället lägga sig utanför den, bortvänd mot elden. Han frös inte. *Han var Calor.* De vaknade dagen efter under morgonens soluppgång och de båda beskådade sin omgivning, fast på olika tillhåll. Calor hade åter lämnat mannen för att vakna upp själv. Calor strövade med sina tunga tassar mot savannens stäpp under solens förfogande, flåsandes med sin stora tunga som vägde ned mot hans underkäke. Calor, som sedan länge vandrat på egen hand, och tidigare alltid varit väldigt trygg med detta började ana oråd i sitt hjärtas bultande slag. Något kändes lustigt. Han hade tidigare vandrat genom sina dagar i hopp om att åter finna likasinnade som honom, men utan tur. Men denna morgon, sökte hans lust inte efter sådana som honom, utan hade en större dragningskraft åt den man han nu kallade för mästare. Ingen vet varför Calor antydde sig just till honom, och ingen riktigt vet heller varför Calor var den besådda varg han var. Calor hade som valp blivit förkastad av sin flock och fått sörja sig på eget

bevåg. När han hade vandrat ensam i två år så hade han stött på en förart till örnen. Den hade strövat ovan honom i tre dagar för att önska få festa på han kött, då han sett att Calor var svag och ynklig. Den tredje dagen örnen hade beskådat honom hade Calor fallit ned mot marken, tömd på energi. Örnen hade flyget ned till honom och satt sig framför honom. Den hade sagt honom: "*Jag kommer att ställa dig en gåta. Svarar du rätt på min gåta kommer jag låta dig leva och belönas av det fullständiga, och dessutom flyga dig till lika av din art, sådana som önskar ditt sällskap - men svarar du fel, så kommer jag att döda dig, och sedan äta dig*". Örnen hade anledning av att amusera Calor när han var som svagast, och att det var endast därför han lät honom en chans till att leva. Gåtan löd; "*Vad förändras ständigt under årens gång, som giver skilda färger åt uttryck, men som i grunden är sig lika, som behåller att laster och dygder förblir desamma, generation efter generation?"*. Örnen, som var högmodig men ändock god, hade aldrig innan under sitt liv stött på en varg som kunde tala, utan endast lyssna. Han kunde därför heller inte ana att Calor kunde ge svaret på hans gåta. *"Språket"*, svarade Calor örnen. Örnen sade då till Calor att det är örnens last av vällevnad och lättja som angriper dess arts hälsa och krafter. Örnen höll sitt löfte och belönade Calor med både hälsa och kraft, och flög honom till kamratskap, vilket han hade utlovat. Det var denna hälsa, kunskap och kraft Calor burit nu på i tusentalsår. Kanske var han matt på det. Kanske kände han sig trött på ensamheten.

Calor hörde nu sitt namn kalla efter honom. Det var mannen som anropade honom. Han satte fart mot savannens torra jord och efter honom avlades sandkorn i misten där han sprang. Han sprang för någon annan, han sprang för sin mästare och hans steg var lätta och smidiga, utomordentligt välplanerade och omfångsrika. När Calor var framme vid mannens sida såg han att hans mästare trånade ut över Serengetis savann. Calor beundrade mannens framskjutande haka, som var unik för den moderna människan. Calor visste att den underlättade tungans rörelser, vilket försäkrade Calor om att det var just denna art, han senare skulle erbjuda sin största gåva.

"Jag är här nu, och jag skall föra dig mot fuktigare klimat, bortåt var jag kommer ifrån, där skogar brett ut sig. De erhåller viktiga drivkrafter för din arts evolution", sade han till mannen. De

23

vandrade ut på savannen längs varandras sida och därmed rymde i historiens horisont av möjligheter. De var, var och en, en betydande punkt i historiens vägskäl. De vandrade i omfånget av en enda upptrampad väg som kunde leda från det förflutna till nuet, och att dess myriaders vägar ledde dem in i framtiden. Vissa av de vägar de skulle komma att möta var bredare, jämnare och bättre markerade. Och att det var dessa vägar som de troligen skulle slå in på, men ibland tar historien – eller de som skapar historien - oväntade vändningar.

De hade nu under sin vandring nått fram till den skog varpå Calor hade talat om. Den erbjöd en annan sorts värme än den som savannen gjorde, och mannen såg saker i dess skildring som han aldrig någonsin tidigare hade skådat. Han ville upptäcka, och betrakta. Han började

söka sig inåt i skogens egendomligheter med hjälp av sitt mycket imponerande luktsinne. Det var en fröjd att få känna alla skogens nya dofter han aldrig tidigare doftat. Dofterna delade sig i hans näsas beskaffenhet, vilket gjorde det möjligt för mannen att dofta och söka på olika håll. Han sade Calor: ”*Hitåt ska vi vandra, jag känner att det finns ett byte där borta som du kan fälla. Jag hade kunnat göra det själv, men jag är inte längre tillräckligt snabb, men det är du*”. Calor vädrade med sin stora nos in mot skogens alla träd och buskar. Men det enda han lyckades få vittring på var två Meyers papegojor vars skrudar var klädda i grönt och svart, och som trivdes bäst med att få leva utkanten av skogen vid savannen. ”*Jag lyckas inte få vittring på det byte du talar om*” svarade Calor mannen.

Mannen, som nu hade

24

började tänka desto större och mer frekvent, hade fått mersmak på det. Han gillade att för var gång han gav Calor några av sina egenskaper, så blev hans sinne på något vis desto mer nyfiket, desto mer sökande. Mannen funderade över att ge bort sitt doftsinne till Calor, även om Calor ännu inte uttryckligen hade frågat efter det. Och det var inte heller så att mannen helt förlorade sina egenskaper, de blev bara desto mindre adekvata.

"*Du får min förmåga att dofta och vittra, om du lär mig mer*" sade mannen till Calor.

Calor varnade sin mästare och sade: "*Du tyvärr längs vägen i din vandring att känna lidelse, då det har sin rot i medvetandets beteendemönster, det hör till om man söker det större*".

Mannen gav trots det Calor sin förmåga att dofta och vittra, och Calor gav mannen kunskapen.

"*Du kommer att bli träffad av historiens pil i dina val; kommer du att föredra mänskligheten som något individualistiskt och inneboende i varje individ av din art homo sapiens? Eller kommer homo sapiens anse mänskligheten som något kollektivt inneboende i dess helhet? Eller slutligen; kommer du att se mänskligheten som en föränderlig art, en art som kan degenerera till undermänniskor eller utvecklas till övermänniskor?*"

Mannen begrundande Calors ord på sin tunga. Calor fortsatte:

-"*Kommer du att se att det högsta budet för homo sapiens föreligger vid att skydda den inre kärnan i och av friheten för din art? Eller kommer det högsta budet vara det att värna om jämlikheten inom arten homo sapiens? Eller kommer det slutliga budet*

25

vara det att förhindra att mänskligheten degenerar till undermänniskor och främja evolutionen till övermänniskor?
Jag vet att din art, i olika år genom tidens salong, kommer att testa alla dessa anbud jag nyss talade. Ni kommer att göra åtskillnad mellan "vi" och "dem". Träd varsamt därvid".

Calor vittrade mot skogdunkens kronor till hjälp av den varma vind som klädde deras kroppar, och sökte sig desto närmre till det bytet som mannen antytt till innan. Mannen sprang efter Calor med de löpsteg han numera var utrustad med. Han kände att han var i ett samspel med Calor som han aldrig tidigare hade bekantat. Han kände att Calor var något att bejaka, någon att beundra. Han såg hur Calor behärskade hans tidigare egenskaper på ett helt annat vis än vad han själv hade kunnat göra.

Han såg hur Calors stora svarta nos ledde dem framåt över skogens terräng, och hur trygg han kände sig vid Calors sida. Den som han tidigare hade betraktat som ett odjur, ansåg han numera vara ett vackert vilddjur.
När de hade tagit sig som längst in i skogen hörde de oväsen bakom de träd som kläddes runtom dem, mannen stod still och Calor vässade sina öron, lyfte sitt huvud uppåt likt en höjd som sträckte sig över mannens axelparti och vädrade. Han vädrade först varsamt i den vind som omslöt sig dem, för att sedan börja vädra desto mer intensivt.
"Vad är det vinden talar om för dig?" frågade mannen till Calor.
Calor vittrade ånyo åt var mannen befann sig i för väderstreck och slutade därefter att vittra.
-*"Det kommer du snart att märka"*, svarade han.

"Säg mig människa, vad

mer finns det som du de senaste dagarna betraktat av värde hos dig själv? Jag har tagit din syn under nattens timmar, din snabbhet under dagens fruktan och din doft av nöjets slag. Vad finns det mer?".

Mannen sökte inom sig själv, då han fått förmögenheten att göra så, även om så bara lite. *"Det finns inget jag fruktar"* svarade mannen Calor. *"Jag känner inget annat mer än den fruktan för att dö om jag går hungrig, varken mer eller mindre".* Calor, som också började bli svagare i sina sinnen då köttet i honom växte desto starkare, förklarade för mannen att endast den okunniga och enfaldiga önskar att frukta desto mer. Och att fruktan, likväl som lidelsen, tillkommer då sinnet växer sig desto mer nyfiket. -*"Ska jag ta ditt mod ifrån dig?"* frågade han sin

mästare.
Mannen svarade honom: *"Jag har sett vad du gjort med mina sinnen hittills, och du bemästrar dem bättre än vad jag någonsin har gjort. Jag är säker på, att du kommer göra detsamma med mitt mod. Du kommer dessutom att vara säkrare mot faror, om du erövrar det".*
Även om mannen inte begrep att han nyss reflekterat över att frukta faror, trots att han aldrig gjort det, förstod Calor det. Calor gick fram mot mannen och strök honom med sin svarta päls. Han strök honom ömsint, och mannen gjorde detsamma mot Calor med sina händer.
"Du känner att solen värmer dig nu, och om tusentalsår kommer ditt släkte att begrunda hur långt ifrån den är från oss. Människor kommer att försakas i dess gäckande. Himlen kommer inte alltid att vara reserverad åt fåglar, berg och

förtröstan. Ni kommer att tillbe min begynnelse i animism, för att därefter förkasta den för vetenskapens ändamål". Sade Calor till mannen. Mannen strök sina händer mot Calor samtidigt som han lyssnade till det vackra vilddjurets ord. Det han först såg som ett odjur, som senare blev att betrakta som ett vackert vilddjur, var numera någon han ansåg vara densamma som honom. Han beundrade sin vargs ord, han förstod dem även om han inte kunde tala dem. Och detta åtrådde han hos Calor. Mannen kände sig mer sökande för var dag som gick, mer uppfinningsrik och desto mer äventyrslysten. *"Jag har ännu det finaste och mest dyrbara i min lärdom att ge dig"* sade Calor.
- *"Ge mig det"* svarade han åter sin varg.
Calor svarade inte mannen. Läten började höras bakom dem, Calor drog bak sina stora öron och visade sina tänder i ett ohyggligt skaft när han drog upp sina mungipor. Han var på sin vakt. Han tog plötsligt fart bakom mannen med ett språng och försvann in mot buskaget och började göra aggressiva läten. Mannen sprang efter Calor men fann honom inte, han hörde honom bara. Han skrek Calors namn men han kom inte, han hörde enbart hans morrande ljud från avstånd. Om han bara hade varit snabbare, kunnat dofta bättre, så kanske han hade funnit sin varg. Men nu såg han, Calor och något annat vildvuxet djur. Det var större än Calor var, det var målat i ansiktet med en hårdare yta och onda ögon än han någonsin betraktat. Den drog Calor över hans bröstkorg med sina ohyggliga tassar, och Calor sved till i ett läte. Mannen tog stenar från marken och kastade dem odjuret som han beskådade framför sig. Han skrek

28

Calors namn i förfäran, och Calor svarade honom samtidigt som han gjorde sitt yttersta för att lyckas försvara dem båda *"spring min mästare, spring härifrån!"*. Mannen började springa, för att endast nå framåt i sitt språng några meter, och stannade sedan. Han tänkte. Bakom det ohyggliga odjuret hade han skådat ett vattendrag, mer korrekt ett vattendrag som ledde mot ett vattenfall. Han sprang tillbaka, han ställde sig vid kanten av dess fall och skrek mot odjuret, och kastade än mer stenar mot det. Han lyckades fånga odjurets uppmärksamhet som nu tog raska och aggressiva steg emot mannen. Den tog fart och sprang mot honom. Precis när den nådde fram till honom hoppade mannen åt sidan och lyckades lura odjuret att falla ned mot vattenfallets avgrund, för att sedan dö. Mannen sprang fram till Calor som låg skadad vid marken. *"Jag lovade att försvara dig, och om det inte vore för min insats min mästare, så hade du legat död nu. Men kanske har jag gjort dig orätt, kanske om jag inte hade berövat dig på dina egenskaper så hade du kunnat löpa ifrån den, och jag på ensam hand hade varit i fara".* Mannen strök sina händer mot Calors stora bringa och svarade honom: *"Det är möjligt att jag hade kunnat göra, men jag hade aldrig heller önskat din död. Det känner jag nu. Jag känner något jag aldrig känt innan".* Calor slickade mannens tårar som rann ned mot hans nakna kinder. *"Calor, lämna mig inte. Du har gett mig värme, trygghet och framförallt förståelsen. Även om jag ensam tidigare vandrat och förvisso inte förstått det, så begriper jag det nu. Och jag vill söka efter fler sådana som jag. Jag tänker inte frukta dem, jag tänker att lära mig med dem, precis som du lärt mig. Om du lämnar mig Calor, så kommer jag att dö. Jag är varken snabb eller lyhörd om dagen. Och om natten är jag blind"*. Calor svarade sin mästare: *"Du må vara blind om natten men du äro mer klarsynt nu än någonsin. Jag må berövat dig på din snabbhet men inte din kvickhet. Jag må tagit din doft men inte din essens"*.

Mannen lade sig bredvid Calor och värmde honom. *"Jag skall hämta mat till dig"* sade han honom. *-"Nej jag vill inget äta"*. *"Min insats ska inte ha varit i onödan, och det skall du bevisa för mig. Jag kanske dör, mer du kommer att möta fler som mig under din tid. Var då mot mig rätt, och jag på åter tur kommer att rädda ditt liv. Ge mig mycket med mat och omtanke, och jag kommer stå dig trogen till döden"*.

Mannen tryckte Calors kropp sig närmre honom och burrade in sitt huvud mot Calors ryggtavla, han försvann in mot den mörka pälsen.

"Jag lovar att jag inte skall glömma dig. Jag skall se till att du alltid lever kvar. Jag ska se till att du aldrig förglöms. Det jag känner för dig nu, skall människan alltid känna. Det skall bli hennes gåva likt hennes straff för att hon sökte efter kunskapen".

Calor andades djupt och tungt. Han blickade mot himlen varpå han legat under tusentals år. Han kände sig tillräcklig. Han sade mannen att nu lyssna noga till hans ord.

- *"Mästare, de ord du talat till mig, är det bara jag som förstår. Skulle du att försöka tala till sådana av ditt släkte skulle de inte förstå. Jag är inte ens säker på att du skulle lyckas, även om du skulle kunna tänka. Så därför giver jag dig nu språkets makt. Det språk vari genom du och ditt släkte kommer att forma gemensamma myter, normer och värderingar. För du förstår människa, tack vare denna förmåga, att kunna skapa berättelser och lovord, kommer ni att lära er att samarbeta, som kommer vara av en avgörande roll för er vidare utveckling. Jag belastar dig med förmågornas ord och avlastar därmed mitt egna släkte dess tyngd att bära."*

Mannen fällde en tår mot Calors svarta klädnad. Han var nu ensam. Ensam under en miljö han aldrig tidigare hade bekantat sig med. Han öppnade Calors mun, tog upp en sten från marken och varsamt slog ut en av hans framtänder. Han svalde sedan Calors tand. Han tillbad nu animismen. Men det begrep mannen inte, och skulle under sin livstid aldrig heller göra. Han skulle komma att förstå det mycket senare. *"Du kommer alltid finnas i mig nu, Calor. Min frände."* Mannen ställde sig upp och skådade sin omgivning. Det rasslades i träden bakom honom. Han fruktade, var det samma odjur som skulle uppenbara sig? Han tog stenen som han tidigare slått ut Calors tand med och höjde den mot bröstkorgen, redo att försvara sig.

Framåt trädde en varelse, smal men framförallt oväntad. Den delade utformningen på hakan likt densamma som mannen själv hade. Ögonen var stora och ivriga. Den gick varsamt fram mot mannen, redo att attackera. Mannen stannade den med signaler av handspråk. *"Stanna"* skrek han.

Den andra *människan* stannade upp, och den moderna mannens begynnelse träddes vid.

Kapitel 2.
En dagboks själsvän

Den moderna människans begynnelse var sedan flera tusentals år förbi. Det var inte nu längre sökandet efter sådant som var en längtan för människan, utan istället var det en längtan att få leva; - *utan att ständigt behöva bli upplyst.*
Calor var sedan länge bortglömd i den moderna människans evinnerliga enfaldighet.

Dag 1 - Komma till världen
Sorti.
Jag försökte ta livet av mig igår, jag vet inte om jag lyckades. Hur ska jag längre förmå att se skillnaden från ett liv till ett annat? Endast gud är i stånd att förmå besluta om sådana företeelser, sägs det.
Jag har ännu inte mött gud,

det beror på att jag betvivlar hans uppehälle. Betyder det att han betvivlar mitt likaså? Jag är varken klok eller driftig, men min hund är de båda. Han tvättar sig utefter omtanke var gång hans personliga hygien tryter, och svansen han bär viftar utefter hans lynnes begränsningar. Gör det honom klok? Svar: ja. Han är klok ini sina ben, i sin märg. Tusentals år av förädling har gjort honom enastående när det kommer till att fastställa angelägna beslut. *"Sådan herre sådan hund"* - om *det vore så väl'*. Min hund är av mer människa än vad jag själv är. Han räds inte för farhågor som kommer hans väg, det enda han fruktar är att förlora mig, då han *är* under verkan av min själsförmögenhet.
Han är klok nog att förbise att det är han som upprätthåller mitt väsens förstånd.
Det hade inte gjort honom gott att grubbla för mycket

anträffande hans existensvillkor. På så vis, är han en mycket bättre herre av jorden än vad jag själv är. Han är klok nog att bortse från det faktum att han *är* under förslavandet av ett koppel, stramat runtom hans hals. Vore han att revoltera sin betingelses begränsningar, skulle människan endast strypa hans livaktighet desto mer. Människan sägs koppla hunden så att den inte ska förmås att springa iväg och försakas. Men jag vet inte. Herrelösa hundar är trots befriade från försummelse.

Är den oföretagsamma människan hundens gode vän?

Dag 2 – Se dagens ljus födas

Ännu en dag att finnas till. Jag lever tydligen vidare. Jag misslyckades med att dö, och får nu genom bästa förmåga förmå att lyckas leva vidare ännu en sekund, ännu en stund, ännu ett andetag till. Ett andetag under ett liv är flertal andedrag som mina lungor förmås att orka bära. Det är jobbigt att behöva andas genom livets andningsorgan, då det knappt hinner att återhämta andemening innan det på åter blir dags att inhalera.

"Hämta andan" är ofta en ingivelse den moderna människan ska mäktas att leva utefter. Men vad finns det för anda att ta till kollekt när andan ändå pustas ut och förkastas likväl så fort som den svepts?

Om jag vore med en avlägsen tidsålders ögon att betrakta den innevarande människan, så skulle jag hos den samtida moderna varelsen inte kunna finna något mer säreget än hennes karakteristiska dygd *och* sjukdom som författas under ett samhälle av specialister utan ande, och sensualister utan hjärta. Jag undrar om människan är förmögen att särskilja på välviljan om den vore att delas på två: *förvärvsdriften* och *underkastelsedriften.* I en tid kring överskott av resurser som ständigt ska effektiviseras, blir vi nästintill fostrade att vara funktioner för varandra. Jag vet längre inte om *"den fria viljan"* ligger i det onda samvetet vi bär, att ständigt önska bli åtrådd av en som är osjälvständig. En god del av skulden till att den levande erfarenheten dör ut är att tingen under den rena ändamålsenlighetens lag antar en form som begränsar umgänget med dem till ren hantering, där ingenting blir över, vare sig av frihet hos människan eller av självständighet hos tinget. Vad är och förblir människans egentliga substans?

Vem är en vän i mig? Jag runtom min hals bär, likt min hund, ett koppel som förslavar mig. Detta koppel är den hejdlösa tidens omfång. Det finns inte längre någon frihet ovan tingen.

Dag 3 - Uppenbaras

Jag råkade för ett tag sedan begynna ett bokbål anträffande mina absoluta favorita böcker. Varför? Kanske det inte är så mycket "varför" man ska fråga sig, utan kanske mer se till orsak och verkan av min substantiella lättja. Jag skulle städa ur min apartment, en lägenhet jag hyrt i en källare inunder ett hus. Jag kan längre inte bo kvar här. Det finns inga fönster som släpper igenom ljuset, och giver därför inte heller en chans för mörkret att smita. Hopplösheten kryper sig närmre var sekund och sväljer mig i stora bitar. När jag städade inför kommande flytt packade jag ned allt i stora sopsäckar. Min älskade mamma har alltid sagt att jag bor i påsar, intet mig emot. *Smidigt, inte sant?* Jag packade, mycket riktigt, ned alla mina böcker i en sopsäck och kastade därefter in säcken i bagaget på min bil där den fick ligga med all annan oreda. Flertal veckor passerade och tiden möttes av att det blev dags för min bil att besiktas. Väldigt oangenämt, såklart.

Varför detta förakt? Oangenämt på grund av min bärande fostran av att alltid uppvisa ens livskapitel i en ″städad form″ när de så ska presenteras. Inte skulle de på bilfirman behöva lida igenom en odör av cigaretter och annat dylikt skräp som legat i min bil när de skulle bliva att kontrollera dennes villfarelser. Jag städade ur bilen timmen innan den skulle besiktas, *jag var därmed sagt ute i god tid.* När jag städade ur bilen bemödade jag mig inte att kolla igenom de sopsäckar som låg i den innan jag

kastade dem.

Nej just det, låt mig korrigera mitt yttrande, jag kastade dem aldrig; - det hade ju inneburit att jag kört dem till en återvinningsplats, vilket jag inte hade tid med. Berodde det att jag inte orkade? *Svårt att uttala sig vid såhär i efterhand.* Jag igångsatte istället en eld i en gammal rostig tunna ute på ett fält jag flertal gånger innan lagt märkte till och tänkt: ″*En perfekt plats undanskymd från civilisationen som inte kan beskylla mig för att vara oredlig för miljön för min pyromani mot naturen*″. Jag tände eld i tunnan, backade min bil nära och kastade ohämmat ned varje sopsäck i tunnan för eldas upp. Ovetandes stod jag där, och såg hur elden förtärde ord för ord, ingivelser och åskådningar, tankar och drömmar. Jag stod där och iakttog hur elden konsumerade mina böcker och därmed vänner, utan

att ens veta om det.
Flertal fågelskrämmor skrek under bevittandet: *"Qualis spectator pereo"*. Den direkta översättning från latinet lyder: *"Vad hade tittat på mordet"*, men det orden verkligen försöker säga är: ***"Vilken åskådare går inte förlorad med mig"***.
Kanske så möjligt är, att min lättja inte direkt bidrar till några goda skäl inför en försiktighet.
Mitt bokbål - den dagen var jag fattig, men inte pga. att jag förlorade allt, *utan för att jag kastade bort allt*.
Fast, vad gör det mot mig egentligen, jag är trots allt van vid att finna. Det är ju de fattiga som missförstår min frivilliga fattigdom. Här finns det att skratta åt, trots allt. *Så skratta livat!*

Dag 4 – Avslöjas
En människa är större till storleken än vad hundra myror är tillsammans, fast förblir istället desto mindre till sitt antal.

Det finns ingen plats på jorden dit människan inte kan ta sig, trots det att hon endast är en i antal och platserna är flera. Men visst ser alla platser likadana ut, om du endast förblir en till det egna sällskapet att beskåda dem? Min hund är den enda som har tid för mig, och min hund är den enda jag tar mig tid för. Är det inte säreget häftigt? Min hund är min trogna följeslagare, min batalj av en och utgör ändock en kvantitet till hans sanning; - en vän med god vilja. Dessvärre är min hund lika gott gestaltad och betryggad som en annan nära vän till mig, min smärta. Jag kallar således min smärta likväl för *hunden* – den är lika trogen, lika påträngande och skamlös. Den förblir förvisso därtill underhållande, stark och klok som varje annan hund. Jag ryter åt den så fort mitt humör tryter, det går tyvärr ut över den. Var ligger de första farorna för människan? – *I hennes medlidande*. Det vi gör, kommer aldrig bli förstått, utan endast prisat och klandrat. En vacker dag når människan sitt mål, det gör vi alla. Vi kommer då framhålla en stolthet när vi beskriver våra långa färder vi gjort innan vi väl nådde fram. Vi kanske i själva verket inte ens märkte att vi faktiskt reste, på detta vis förblir vi alltid hemma.

Vår verklighet kan beskrivas likt en process där allt av varelse går ut på att förena motstridiga krafter. "Subjektet" betecknar inte endast vårt epistemologiska ego eller medvetande, utan agerar utifrån sättet att existera, *att vara* en självutvecklande enhet i en antagonistisk process.

En sten t.ex. är en sten och kommer förevigat vara en sten.

Hela stenens handling giver utfall av diverse reaktioner på de saker den möts utav och sedan processerar de reaktioner som den således interagerar med.

Stenen blir exempelvis våt i regnet, den motstår yxans slag; **den tål alltså en viss belastning innan den upplöses.**

Att vara en sten är en kontinuerlig uthållning mot allt som agerar på eller mot stenen.

Det är en kontinuerlig process att *förbli* och att *vara* en sten.

För att vara säker kring stenens "blivande" ingives också förståelsen att den inte fullbordas i takt som *"stenen som ett medvetet subjekt"*.

Nej, stenen förändras i växelverkan med regn, yxa och last, den förändras således inte på egen bedrift.

En växt, å andra sidan, utvecklas och utvecklas 'själv', utan någon utåt stående belastning.

Växten är inte nu en knopp och sedan en blomma, utan snarare hela rörelsen från

knopp till blomster och
slutligen förfall.
Växten utgör och bevarar
sig i denna rörelse. Växten
kommer mycket närmre att
vara ett verkligt ämne än
stenen. Detta pga olika
stadier i växtens
utvecklingsplan att växa ut
ur sin anläggning, det som
är växtens 'liv' och således
inte påförts från 'utsidan'.
Hur ter sig människan i sin
livscykel om hon ensam
vandrar?
Hur påverkas den som
ensam står, den som inga
vänner har? Det som för
stenen är regn, yxa och
last, är istället för
människan nederbörd,
fältslag och börda. Den
växt som frodas från
knopp till blomster och
slutligen förfall, tenderar
likt för den ensamma
människan att utvecklas
från knyte till själ, och
avslutningsvis till ett
moraliskt fördärv.

Dag 5 - Klargöring
Den som älskar är vacker,
den som älskas är en vän.

För sex dagar sedan dog
min hund.
För sex dagar sedan, dog
jag.
Jag är bekymrad över att
jag inte tagit ett väl farväl
till dig, min älskade sköna.
Dina morotsröda lockar
gav mig alltid en viss
säregen lycka, och endast
du vet vad det innebär att
förlora en vän, samt att
förlora sig själv. *Förlåt*
mig, farväl.
Kremera mig gärna med
dessa rader, likt ett bokbål
av en dagboks själsvän.

38

Kapitel. 3
Rödglödgad förtjusning

"Tittar du i en rödhårig kvinnas ögon längre än tio sekunder......är risken stor att du blir förälskad" hade hon viskat till en man, då hon varit påtänd. *Han visade sig sedan att bliva hennes dagboks själsvän.* Han hade första gången de träffats, förälskat sig i hennes varma röda morotslockar.

Kvinnan tittade länge och noga i sin fickspegel, men ingen förälskelse uppstod. Självkärleken är den svåraste att falla kär i, *åtminstone när du älskar allt annat mycket mer än dig själv.* Hon lade ned fickspegeln igen i sin väska och kröp sig nära sina hundar. Hon luktade omsorgsfullt i sina deras öron och tyckte att deras essens påminde om barndomens vår då man för första gången fick smaka sockervaddens arom som smälte i munnen likt snön i solen.

De var så vackra, hennes hundar. De alla tre hade hasselnötsfärgade ögon och svansar som slog vid lyckans omfång. Deras svansar var burriga och slagkraftiga, likt frodiga granar som gungar i en varm storm.

Medans regnet öste sig ner över tältet och rann ned längs dess sidor, rann även tårar jämsmed kvinnans kinder. Hon hade vandrat i veckor utan att nå en inneboende frälsning. Hon hade innan sin vandring erhållet ett brev, som hon hade funnit innanför sin favoritskjortas ficka. Vid den stund hon hade lagt märke till det, var orden som var skrivna över det, redan fastställda. Brevet brände över hennes hjärta likt ett bål. Hon var varken religiös

39

eller troende inför något allsmäktigt, men hon befann sig också i avsaknaden att tro på sig själv, vilket är den största förödelsen för en människa. Ibland är allsvåldig styrka att våga tro på sig själv när ingen annan gör det. Hon tittade på sina hundar som låg runtomkring henne i en cirkel, de andades så varmt att det immades på insidan av tältet. Om det inte vore för dem hade hon nog redan fryst ihjäl av Alaskas omramning. Det hade regnat konstant i över ett dygn nu, och kvinnan var kraftlös att stå emot regnets bedrövelse; hon var som kraftlös av dess vattendränkning. Ibland är regnet en förlossning som befriar livet ur torkans fängelse, men när man redan drunknar är regnet istället en uppenbar undergång. Hon hade skavsår och blåmärken över hela sin kropp efter sin ryggsäck, den var bildlig likt den börda man bär på under livets långa vandring. Det spelar ingen roll hur mycket man packar om och försöker göra sig av på onödig last, ryggsäcken fylls alltid på med nya håglösheter och patos. Hennes hundar bar på sin egna packning, de bar endast sin mat.

Djur är egendomliga varelser som benådas av att bära på moralens last, då dem redan inverkar hela välviljan i sin beskaffenhet. Om du sällskapas med djur bär du redan halva lärdomen.

Hon hade döpt sin nätta jämthund till Bruce efter Bruce Wayne, då han hade öron lika spetsiga som Batman och för att hon fann Christian Bale att vara obestridligt attraktiv. Hennes helsvarta bordercollie var döpt till Percy, efter ”*Sir Percy of Scandia*”. Mer känd som den ursprungliga svarta riddaren från 600-talet som tjänade vid kung Arthur Pendragon som sin största krigare - och var den noblaste av det runda bordets riddare.

Morris, den yngsta hunden som var en golden, fick sitt namn efter sina tacknämliga vita morrhår som alltid spretade mot hennes kinder var gång han slickade på hennes ansikte.

Hon hade aldrig haft ett bekymmer att ha tre hanhundar tillsammans, de var trots allt män som förlitade sig på en ömhet och närhet som endast en moder kan ge.

Hon såg dem som sina barn och jämlikar, inget konstigt med det. Naturligtvis skulle de som har "riktiga barn" säga att det är långt avlägset att jämföra hundar med mänskobarn, men barn i tidig vår skulle heller aldrig, på riktigt, se till någon annan än dem själva. Det kan endast hundar förmå att lyckas med i sällskapet av andra. Barn ska heller inte behöva se till någon annan än dem själva, och de kommer klanderfritt ifrån det tillståndet också, men hundar innehar inte ens existensblivelsen att utvecklas förbi tvåsamheten; - därför ska dem heller aldrig jämföras. Oavsett den kärlek som föds ur högaktning, bleknar aldrig. Trots hennes veckors vandring, så hon hade ännu inte hunnit acklimatisera sig till sin kropps mothugg när den möttes av storslagna barriärer från höga snöklädda bergstoppar, sjöar och djupa barrskogar. Hon hade nyligen slått ned sitt tält bredvid en fiskeby i Seward medans hon väntade på att regnet skulle dra förbi dem. Regnet knastrade nu emot tältet lika högt som den hemlighet som någon viskar i dina öron som du vetat vara sanning, men som du hoppats på att ingen visste. Så fort en hemlighet har blivit delad är den inte längre förborgad mot sårnad. En favör har förvandlats till en förbrytelse, ett läkt sår förvandlas till ett bestående ärr.

Hennes hundar vaknade nu av regnets hårdare slag, och började att sträcka på sig och gäspa. Det var läge att dra sig vidare så att de mot morgondagen skulle hinna nå fram till Kenai Fjords nationalpark.

När hon drog upp dragkedjan från tältet och stack ut huvudet möttes hennes panna av droppar lika tunga som havets djup, åtminstone så kändes de som det. Det gav henne en enorm huvudvärk, men det fanns inget mer än att bara utfordra sin kropp med sin ordentliga regnjacka och regnbyxor, som olyckligtvis inte, hade hunnit torka ännu.

"Typiskt" muttrade hon. De svepte omkring hennes kropp som ett enda blött tungt täcke som i månt och mycket ändå på något vis skulle lyckas förmå att utestänga nederbörden.

"Friskt vågat, hälften vunnit", tänkte hon samtidigt när hon slutligen drog igen kardborren på jackan.

Percy strövade nu också ut ur tältet, sedan Bruce och sist Morris.

De tittade på henne med en beklagande blick och begrep inte riktigt varför hon hade bestämt sig för att gå när regnet som värst drog ner över dem.

"Ja men det inget jag kan göra ve', förstår ni. Ni får gå och lägga er under granarna där borta så länge så ska jag bara packa ihop tältet". Percy och Bruce galopperade bort likt som ardennerhästar till

42

granarna hon pekat mot, och de lade sig ned belåtet för att se på när deras virtuos började att packa ihop alla tältsaker. Morris sprang omkring och rullade sig i varje pöl han fann, hon tittade på honom och log. Hennes hjärta blev alldeles varmt av hans barnsligheter så att hennes blöta regnkläder nu åtminstone till känslan, förvandlades till ett enda stort paraply.

Molnen började till sist att släppa igenom blå himmel, och solen smög den sig nu fram bakom det grådaskiga himlavalvet och log mot henne. Himlen hade åter öppnat sig efter flertal dagars regn och var redo för att stanna, hoppades hon. Hon stannade upp för ett kort ögonblick och blundande. Hon åtnjöt hjärtligheten av solens strålar som nu log mot hennes kinder, och gav därmed ömhet till svidandet av saltet som tidigare runnit över hennes ansikte från tårarna hon fällt. Solen har många älskare, och hon var en av dem, särskilt då hennes ljusa hy var utomordentligt duktig på att producera D-vitamin. Morris sprang fram till henne, lika brun och geggig som en lergrop. Hon fick lera skvätt över hela sig när han skakade av sig den på henne, och olyckligtvis nådde även leran Bruce som krypet fram under granarna så fort solen hade välkomnats på himlen.

Bruce blängde på Morris, och vem vet, kanske hade han fostrat sin lillebror om det inte vore att kvinnan hade satt sig ned och klappat över Bruce rygg. Hon strök sina händer över hans svarta sträva pälsrock och kysste honom på nosen. *"Han begriper inte att du inte tycker om att bli nedsmutsad förstår du, seså nu är det dags att gå vidare, visar du oss vägen?"* sa hon till sin trogna lilla jämthund efter det att hon ställt sig upp. Bruce ruskade sin kropp, stäckte på sig ännu en gång och avfyrade två skall ifrån sin strupe som gav signalement till Percy att det var dags för dem att bege sig. Hon spände på deras små ryggsäckar över deras ryggar och de började att vandra iväg. Det var dags för dem att mötas av enastående vyer över berg, hav och mäktiga glaciärer. När de hade vandrat i ungefär tre timmar i sträck var det dags att äta.

Hon knäppte upp ryggsäckens framspännen som beseglade hennes bröst och midja, förde sina axlar bakåt och suckade: *"ge mig styrka"* samtidigt som ryggsäcken föll emot marken. Hon skrattade samtidigt som hon satte sig ned på en grönmossig stubbe och beskådade att hennes följeslagare inte alls var lika utmattade som hon själv. *"Vad säger ni, är ni lika hungriga som mig? Det är ni säkert inte, men man måste äta, förstår ni. Äta bör man annars dör man, sägs det. Men äta gör man och ändå dör man, frågan är när man dör, och inte varför man dör. Det är istället det som bör gäcka filosofer och dietister, tycker åtminstone jag. Ge mig ett klockslag istället för ett tidsvarv"*.

De befann sig fortfarande i Seward, men var en bra bit på vägen på sin vandring. Ovan dem började det att sväva en vithövad havsörn, den iakttog dem likt de på den, lagom till att maten snart skulle tillagas. Percy började att skälla mot den, inte för att han var förargad över vingbredden som omsvepte dem vid middagsdags, utan för att han var exalterad och utomordentligt lycklig i sitt lynne över allt liv som var begåvat med vingar. *"Skäller du för att det är en amerikan?"* frågade hon honom.

Ur sin väska tog hon fram sitt trangiakök, åter igen skulle det bistå henne med en ljuvlig middag, åtminstone i tankens värld. Ibland är den mer eftertraktad att leva i än i verkligheten - och vad är egentligen skillnaden? I en tillåts du att drömma, och i en tillåts du att glömma. Men vilket är vad av de två?

Ingen middag skulle i vart fall intagas på den närliggande hamnkrogen, med havets läckerheter på menyn, det var en självklarhet lika klart som det var ett plågoris. *"Det är en sak som är säker".*

Hamnkrogen var endast för människor, *"inga djur tillåtna"* stod det på kartans märkning. *"Lika dumt som det är fjolligt"* sa hon till Morris samtidigt som han tiggde av hennes korv som nu stektes över den lilla stekpannan av teflon. Det luktade så gott tyckte han, korv var hans favorit.

Hon stack in handen innanför sin skjorta för att känna, om det brev som låg där, hade klarat sig från vätans fukt. *Det hade det.*

Hon tog fram det och läste: *"Förlåt mig, farväl. Kremera mig gärna, likt ett bokbål av en dagboks själsvän. "* stod det skrivit längs de sista raderna.

Det var skrivit med en penna från vars händer, som en gång, ömsint hållit hela hennes vitalitet i sitt bestånd. Brevet var anledningen till hennes vandring. Hon hade först lagt märke till brevet när hon letade efter en tändare ini sin skjortas innerficka. Orden skrivna på brevet hade sänkts ner i hennes hjärta likt det ankare som kastas ned mot havets djup för att försäkra en permanent fästning i botten. Brevet var permanent, eller åtminstone orden skrivet över det. Det är det som är det lustiga med ord, de väcker känslor och lustar i oss som är omöjliga att stryka ut när de väl blivit sagda eller skrivna. Hjärtats ark är resistent mot suddgummi. Ett brev skrivit med orden *"jag älskar dig"* betyder inget om hjärtat inte åtrår att höra dess mening. Även om ord på ett papper skrivit med blyerts suddas ut, kvarstår dem fortfarande i hjärtat med hjälp av bläck, ett bläck av blod.

Hon läste brevet igen, det gjorde ont i henne. Det förmådde varken Alaskas nordliga bredd eller västliga längd råda bot på. Hon var ett förlorat fall i denna stund även med hennes tre musketörer vid sin sida. Kanske var den indoktrinerade kristna föresatsen i henne som hade lärt sig att finna världen usel och frånstötande, som hade gjort världen till usel och frånstötande. Den enda undsättning som skulle kunna bringa alla vinglösa till fåglar, alla bladverk till lövsal var möjligtvis lite LSD, tänkte hon nu.

LSD är likt en tänkare: det betyder att det förstår sig på att uppfatta tingen enklare än de är.

Hon visste naturligtvis att droger hade till sitt syfte att förbättra den som straffar sig själv – det är den sista tillflykten för dem som försvarar straffet. Det psykedeliska tillståndet är varken beroendeframkallande eller bidrar till några fysiologiska risker, det finns heller inga kända fall att en människa någonsin dött av en LSD-överdos. *Men kanske hör man bara de frågeställningar på vilka man är i stånd att finna ett svar, det hör nämligen till hörselsinnets gränser.* Hon packade upp tältet och ställde det längs med Kenai-älven. Hon ropade till sig sina hundar som var vid älvens kant och skällde på laxar som hoppade i strömmen och bråkade om de bästa ståndplatserna i vattnet. De kom springandes till henne med deras rosa tungor ur deras munnar, glada och ivriga efter att beskådat laxarna dansa för dem, det hade dem aldrig sett innan. Hon såg att de var nöjda efter det magnifika uppträdandet. Percy skulle alltid hjälpa till att slå upp tältet, detta gjorde han genom att dra i tältets kanter, som en enda stor tuggleksak – ibland uppskattade hon det och ibland irriterade det henne. Men just nu kvittade det, han var ju glad åt dem båda och det fick räcka. När tältet var uppställt

hällde hon upp vatten i sin gröna gummikosa och började borsta sina tänder. Kvällen hade smugit sig på dem snabbare än väntat. Hon satte sig ned vid tältets mynning, de alla tre kom och lade sig bredvid henne. *"Ni är allt för mig"* sa hon. Hon gurglade sina tänder med Alaskas rena vatten, kanske det skulle förmå att rentvå hennes hjärta precis som hennes tänder. Hon svalde vattnet som blandats med tandkrämen för att öka chansen. *"Ja det var ju en dum idé såklart, usch vad det smakade"* sa hon medans hon skrattade. *"Men det visste ni såklart redan, ni vet allt"* sa hon på åter. Hon såg sedan till att de gick in i tältet, lade sig och sov. Hon tittade på dem tills de hade somnat. Hon gick sedan ur tältet och lade sig på gräset utanför. Grässtråna kändes som ojämna fiber mellan hennes fingrar. Hon tog fram drogen som var på en liten bit papper ur sin bröstficka inuti sin tjocka flanellskjorta.

Pappersbiten var inte större än hennes pekfinger, en så kallad 'blotter'.

Hon placerade den på sin tunga. Efter att ungefär en kvart hade passerat, började hon känna sig varm i hela kroppen. Hon hade tagit LSD innan och visste att det gav en enorm förvrängning av både sinne och kropp. Trippar var alltid egendomliga och skrämmande resor.

Hur skulle man varaktigt kunna beundra något utan att på samma gång förakta det?

Det fick henne inrättad i en värld där hon antog hela existensen av sin egna kropp, linje, ytor, orsak och verkningar, rörelse och vila men framförallt sin gestalt och sitt innehåll. Gräset mellan hennes fingrar var nu inte längre som ojämna fiber utan istället som spunnen tråd. Hon luktade på det, det luktade så omfångsrikt. Dofterna av sommarvärme, tall och pappersbjörk gjorde piruetter i hennes näsa. Över hennes skjorta började hon att se extraordinära former med intensiva, kalejdoskopiska färgmönster. Hon var förälskad i vinden som hade bjudit upp henne till dans, och i stjärnorna på himlen som var deras orkester. Långt in i hennes medvetande talade naturligtvis alla moralpredikanter om *"att någon gång måste vara den sista med det här tramset"*, *"detta ohyggliga livsstilsval!"*. Men vad visste de egentligen? Vem kan någonsin på riktigt, uppnå något stort, om man aldrig känner kraften och viljan till att tillfoga sig själv stora smärtor? Efter att det hade gått två timmar med ruset i sin kropp, kände hon att det brev hon läst tidigare, inte var ett minne av en förlorad kärlek; - utan istället en gåva som fallit från himlen. LSD ser världen utan filter, det är som att sätta på sig ett par nya glasögon samtidigt som de också bär på en brutal ärlighet. Det tillåter en att se en skymt av en värld som är mycket större än ens egen, samtidigt får man inte glömma att det är den världen man lever i är den som räknas.

Det spelar ingen roll vad moralpredikarna har att säga, det gäller oavsett att känna till sin egna målsättning, sin horisont, sina krafter, sina drivfjädrar och villfarelser. Endast dessa kan i din själ på riktigt avgöra vad hälsa innebär för din egna kropp och knopp. Det är kärlek på riktigt. Efter att hon dansat klart lade hon sig emot gräset och tog ihärdiga andetag, hennes

hjärta slog så fort. LSD får hjärtat att slå fortare och blodet att forsa inuti ens ådror. Det kändes som att miljontals flyttfåglar flög över henne när de var på väg mot tundran i norr. Hon lyssnade till laxälvens porlande som var i takt till hennes andedrag. När hon låg på marken tittade hon in emot skogens mystiska halvmörker. Inifrån tältet hörde hon att hennes hundar började att skälla, men hon lade inte särskilt stor tankekraft åt det. ”*De skäller säkert åt en hare eller något*” tänkte hon. Inifrån naturstigen som hon låg och beundrade trädde det nu fram något ur skuggorna, hon kunde inte avskilja om det var något hallucinogent eller verkligt. När hon tog LSD första gången när hon var 17 år var det vid en utav hennes kamraters pappas bondgård, då hade hon fått för sig att hon såg en kossa mjölka sig själv - *detta*

skedde naturligtvis aldrig.
Efter dess var hon relativt skrajlös att reagera vid olika skepnader som kunde uppenbara sig under en LSD tripp. Hon hörde att Bruce började skälla desto mer intensivt ifrån tältet, och att de andra två gjorde nervösa läten. Hon reste sig upp från marken och försökte fokusera sina ögon som var lika stora som tefat in mot skogen. Trädkronorna runtomkring henne lyste under stjärnornas skimmer, och betraktades likt stöva gröna vaxljus.

Hon stod alldeles knäpptyst och stilla när hon befann sig i sitt rus. Hon blundade. Grenar knäcktes inifrån skogens mynning, det hörde hon; men det var ju inget märkvärdigt tänkte hon. Hon befann sig ju trots allt mitt ute i skogen, i Alaska dessutom. *"I Alaska finns det vilda djur i överflöd"* viskade hon till hundarna som började att skälla desto mer ängsligt för var gren de hörde knäckas. Slutligen lyckades de ta sig ut från tältet och sprang nu fram till hennes sida. Morris lade sig precis bredvid henne med svansen mellan sina två bakben, han såg rädd ut, det såg hon. Percy stod och visade sina stora vita tänder när han drog upp sina svarta läppar och morrade ut mot mörkret så att hela hans mage vibrerade likt ett åskväder. Bruce var den enda som med ett säkert stånd tog sig framåt mot mörkret med varsamma steg, han skällde nu i ståndskall. Kvinnan var fortfarande inte i bestånd att förmå sig begripa vad som var verkligt eller inte. *"Vad var det som försiggick egentligen?"*. Ur mörkret klev det nu fram ett stort djur med en svart puckel mellan sina skuldror och bar ett ansikte som var lika stort som runt. Stjärnorna lyste mot djurets ögon som var lika svarta som tjära. Percy ställde sig framför henne och skällde mot odjuret lika ljudligt som åskan slår mot himlen. Morris kröp intill bakom hennes ben och började att skaka och gny, hennes vackra gladlynta golden var nu lika försvarslös som en liten vit bomullstuss. Bruce skall blev desto mer betydande och anfallande mot djuret. Hon kunde inte riktigt avgöra om han var exalterad eller uppskrämd. Hon vågade inte heller fullt ut lita på sin instinkt, alla hennes tidigare impulser i livet hade givit henne en sorts klåda. Var gång något dragit, knuffat, lockat och drivit henne – oavsett om det varit inifrån eller utifrån, påverkad eller ej; hade hon förefallit som någon slags varelse som gjorde att hennes självbehärskning hade hotats. Bruce sökte ivrigt efter hennes ögonkontakt i hopp om att kunna signalera att fara fanns framöver, men hon vågade inte längre pröva sitt vingslag i tron. *"Är det nu jag har blivit tokig på riktigt?"* tänkte hon i en luddig förmåga. Hon var beväpnad mot sig själv och betraktade sig själv från ovan, en utanför kroppen-upplevelse. Hon var den eviga väktaren av den borg hon byggt av sig själv. Det fanns vissa som beundrade henne för det, hennes stora integritet. Men hur outhärdlig hade hon inte blivit för andra? Hur besvärlig hade hon inte blivit för sig själv? Hur utarmad och avskuren från själens skönaste tillfälligheter hade hon inte blivit? Men kanske är det så att man tidvis måste kunna tappa bort sig själv om man vill lära sig något av de ting som ligger utanför oss själva. Den hud i vilken nu hon var fördold och insvept i var inte förmögen att reagera på sina hundars oro. Hennes ögons vittnesbörd gick henne väl inte i händerna. Mörkret avtog på odjuret när den klev fram ur skogen och uppenbarades under stjärnorna, vinden blåste över ryggtavlan så att pälsen på det burrade. Ett oändligt gap anspelades ifrån dennes käftar, tänder lika stora som elefantbetar. Adrenalinet grep tag om hennes hjärta och kändes precis som när man druckit för fort och sätter i halsen och strupen kvävs.

Men likt som kvinnan, som hade sin lilla Morris inlindat bakom hennes ben, hade djuret en liten björnunge bakom sina stora svarta tassar. Hon blev rädd, men samlade sig fort.

Hon stod som förlamad, gäckad. Mållös. Hon spydde nästan. Några sekunder kändes som en evighet.

Tillslut grep pulsen tag i hennes förnuft.

"Tyst!!" skrek hon.

Hon lade all sanning hon bar på i kraften när hon skrek till, hundarna skulle inte ha något annat val än att behöva lyssna till hennes språkrör, det var deras enda chans; så mycket begrep hon. När en människa sätter sig till motvärn mot sin tid, hejdar den i portgången och kräver räkenskap av den, *måste* det utöva inflytande! Varken om hon själv önskar det eller inte är likgiltigt; det faktum att hon *kan* det är huvudsaken.

De lyssnade till henne, och de slutade att skälla. De var fortfarande uppjagade och rädda, men tysta. Hon blev häpnad.

Björnmamman och hennes unge började att varsamt passera förbi dem, hade de också varsammast till hennes röst?

Innan björnen och hennes unge fortsatte att bege sig av mot laxforsen låste den sina stora ögon i kvinnans. Hon såg att björnens ögon inte längre var svarta som tjära, *utan bruna likt som hasselnötter.*
Den sa till henne" *De högre människorna skiljer sig från de lägre därigenom att de ser och hör och under eftertanke ser och hör outsägligt mycket mer*".

Vi blir trots allt varje gång belönade för vår goda vilja, vårt tålamod, vår rättvisa och vår ömsinthet mot det som är främmande. På så vis att det främmande långsamt lägger av sin slöja och fram träder en ny och outsäglig skönhet – det är dess *tack* för vår gästvänskap.
Också den som älskar sig själv torde ha lärt sig det på samma sätt; det finns inget annat. Också

kärleken måste man lära sig.
Världen blir ständigt rikare för den som växer mot humanitetens höjder.
"*Jag förlåter dig, min själsvän*" sade hon, slutligen.

53

Kapitel 4.

De förbisedda konstnärerna

När döden slukar någon vi älskar, vem är det vi förlåter egentligen? Förlåter vi den vars liv som lämnat jordelivet, då den inte kan rå för sin död? Eller tvingas vi förlåta den som står till svars inför den som orsakat dennes död?

*

Den tickande klockan som hängde på väggen av karmosinröd sammet styckade sönder tiden i atomer och kval.

Bredvid klockan i det ödelagda rummet hängde det ett fasansfullt porträtt. Porträttet avbildade en man, men skyltade ett odjur.

Endast porträttet hade lyckats måla den sanning som framställde mannens verkliga uselhet, en vanställd skugga. Ett porträtt fyllt med avsky som samtidigt betraktades av mannen själv med en förstulen skadeglädje. Det var ett blekt ansikte som målats med förtvinade färger och torra penslar.

Mannen på porträttet var en man som ansattes av en vanvettig hunger inför livets alla begär, och blev desto mer girig ju mer han försågs att mätta den.

Han bar ofta nejlikolja på sin hals, och konjak över sina läppar. När han vid tillfällen strök sina lediga och mjuka fingertoppar mot dem, kan det tyckas att de borde avsmakat både krut och högmod, när de i själva verket avsmakade förnämlighet och penningmatador.

Mannens händer var obesvärade och vitala. Det var de sorters händer som arbetsamma och strävsamma människor hade beskrivit som avspända och sysslolösa - men trots allt: *täckta i blod*

ur ett verksamt
mödoarbete.
Ett blod som inte var hans
eget, men som ändock
spillts till orsaken för hans
lustar.
Blod som för andra inte
förmåddes att ses av ögats
klena synskärpa, och som
inte var bevekta nog att
uppmärksamma den onda
driften för vad den var.
Mannen levde, *liksom*
andra med elitistisk
uppfattning, med en
dyrkan för den
oförgängliga
levnadsslagen, det
oåterkalleliga livet som
skulle kunna köpas om
endast så bara plånboken
var tillräckligt beväpnad.
Mannen i porträttet var en
skildring av ett samhälle
som själsligt och materiellt
ömsade skinn av andras
missöden, som de själva
varit med och orsakat. I
hans ådror flöt det ett blod
som sedan länge befunnit
sig i avsaknaden av en själ.
Hans ögon var förlorade i

vanmakt och aldrig mer
skulle de få komma att
förrycka hans
oklanderlighet av nattens
himmeldruva fylld av
månsilverfrö. Gestalten av
mannen skildrade en
skepnad av oss alla, kvinna
som man, du som den, jag
som du.
Det sägs, att ett gott
samvete är den bästa typen
av huvudkudde inför
nattens vågspel.
Samtligen skildras ett gott
samvete inför natten likt
en trogen följeslagare som
dessutom förtäljs att vara
mättad med månsvalka; -
men hur förmås mörkret
att lätta och himlen att
välva sig likt en fulländad
vit pärla för de
samvetslösa?
Om huvudkudden under
dagen väcker ens fantasier,
dödar den då ens
nyfikenheter under natten?
Mannen betraktade sådana,
som ihärdigt vaknade på
morgonen och infann sig
med en vild längtan att vid

morgonens gryningsljus, slå upp sina ögon mot en värld som under natten hade format dem. Han såg dem ihärdigt sukta efter en värld där det förgångna var förkastat och ovälkommet, en värld där tingen hade nya former och hemligheter.

Mannen *är allt* som *var innan, under* och *efter ödeläggelse.*

Om natten målar han sönderrivna moln för våldtagna flickor. Han andas tunga slag som hörs från alla dess världens kyrktorn i sällsamma toner för dem som oförrätt förlorat någon. Han ser till att avgrunden gapar och trånar efter dem som aldrig erkänts. Alla djurens skri är av hans trumma. Hans ögon om natten är ihärdiga likt det månljus som nödgar att bleka ditt hjärta, om du under dagen bevittnat för mycket av hans illgärningar.

I hans fickor under dygnets mörka timmar bär han omkring på måndamm som han strör över barns drömmar som gör dem synsvaga. Han skräddarsyr omsorgsfullt våra drömmar när han samtidigt spelar på sin ohyggliga violin för att störta sig in i dansen vildare än någonsin förut.

Var natt stämmer han sin fiol att spela både ihåligt och falskt så att den skär genom stillheten.

Han dansar till takten av ihåliga skrik och fasansfulla skratt när hans dans river sönder friden i våra kuddar.

Han är formad ur en svart skugga av kolstoft. Han finns ini dig, inuti dina andetag, på insidan av din ila, inne i dina drömmar, i det inre av din varelse, *i alltsammans.*

Där många betvivlar djävulen, erkänner dem istället honom.

Om djävulens driftigaste trick är att dupera

mänskligheten om dennes existens, tänker mannen inte spela lika pretentiös, han åtrår istället vår uppmärksamhet. Han vill att vi erkänner hans existens i dess mest okonstlades taktiker, trots detta förbigår vi honom vardagligen.

Mannens bleka ansikte reflekterar sina uttryck i ålderdomens rynkor. Du känner av honom som ett blött täcke under depressionens lidande. Hans finns där och speglar sig i alla tårar som någonsin fällts och erkänts under mänsklighetens tidsålder. Om det inte vore för honom skulle du aldrig heller riktigt levt. Men vad finns det att leva för, om han redan utgör hela dig?

"Du först på riktigt lever, då han i din blick speglas av ett välkomnat jag, han har agerat utifrån sin egna lag, är du mättad av hans drag? Om han i dig lyckas förevigt överleva, säg mig:

vill du då kvarleva?".
Vad är det att leva vid, om man känner att det finns intet där att leva för?

Det vitöga du ser när du möter hans blick, är ofta det du själv bär.

Om natten stirrar han mot stjärnorna och låser in dig i nattens fängelse.

Om han under natten uppmärksammat att du blundat för dina innersta sorger som föddes den dagen du blev mördad, förtrollar han stjärnorna till fångväktare som ser till att låsa in dig för gott.

Ditt straff är att du måste möta dig själv under natten, samtidigt som han ristar in sin skrift i våra ansikten.

*

Mannen tittade nu på klockan i sitt ödsliga rum, den stannade aldrig upp, likt som han själv.

Det fanns inga blommor i hans rum som gjorde luften ren, ingen doft var som balsam för hans själ.

Inget ljus som förjagade skuggorna från de skumma vrårna i hans hem.

Mannen tittade åter på sitt porträtt, det återgavs en grymhet över hans mun när han betraktade sig själv med en begången last. Han tittade igen på klockan, bestämde sig att klockslaget var inne för att ta på sig sin rock och gå ut.

När han klev utanför dörren möttes han av regn som öste ner över honom, som gjorde att trottoaren såg ut som en våt regnrock, likt som den han själv bar. Han sökte sig framåt i regnet med hjälp av tulpanrabatter på gatan, de lyste likt en lykta av vandrande ljusringar. Tulpanerna var gaslågor i natten, de utgjorde röda sken som vägledde honom. Efter några minuter längst in mot gatornas dimmigheter såg mannen ett hus. I fönstret på ovanvåningen lyste det starkt av en lampa, lampan lös likt det röda sken som visat honom vägen.

Han öppnade dörren försiktigt och uppmärksammade intet på sin ankomst. Hans oformliga figur började i mörkret att stega uppför den trapp han beskådade. Den kalla vinden från natten var hans följeslagare mellan skuggorna av hans steg. På väggarna hängde det fotografier, han strök deras ramar med sina fingrar i stillheten. När han kom uppför trappan möttes han av korridorer och speglar. Speglar som reflekterade hans syfte, speglar som hade längtat efter hans spegelbild. Utmed väggen låg det en vrå. Han närmade sig vrån samtidigt som han behöll sin våta rock på sig, det droppade vatten längs ned mot golvets sprickor.

Vid vråns slut fanns en dörr med ett knackigt

handtag i ek. Han vred om dörrhandtaget och möttes av ett dunkel endast ensamheten kan förmås att göra. Vid mitten av rummet fanns en säng. En säng bäddad med ett broderat linnetyg. Vid fönstret såg han den lampa som lett honom dit. Den släcktes så fort han klev in i rummet. I sängen låg en pojke. Mannen klev fram till pojken och ur intet med hjälp från skuggorna som avlades från de mörka väggarna formade de en stol, han satte sig ned på den bredvid pojken. Pojken andades tungt och var svettig längs med bröstkorgen som gjorde att hans linne var blött likt det täcke som tynger dig vid sorg.

Gå inte ifrån mig igen, jag uthärdar det inte. Snälla kyss mig denna gången" sade pojken.

Om en människa lider avslöjas detta i ögonlockens slapphet och den förråder sig i munnens linjer. Likt som cementet är utan själ, är lidandet döden i människan. *"Jag kan inte"* svarade mannen. Även om han nu var fångad i pojkens tanke, känsla och medvetande förmådde han inte att lindra hans smärta.

"Du förstår, du skapar hos mig en fruktansvärd hunger. Det finns inget annat jag hellre vill än att fånga dig i min fjärlivshåv och anförtro mig till dig med ohyggliga beskyllningar. Men jag kan inte" sade mannen på åter.

- *"Varför?"* frågade pojken, *"under dagarna skjuter du vilt i folkmassor, du vandrar över marknadstorgen och andas i oss alla"*.

Mannen reste sig från de skuggor som var hans sköte och svarade pojken: *"Varje andetag i mig sprider sig om mitt*

vildaste begär. Jag måste livnära mig på det du önskar att avsäga dig".
"Den enda moralen jag har, är den du önskar avsäga dig". "Jag kan inte kyssa dig, men jag hör dig när du ropar och för var gång jag ska komma. En gång kommer bli den sista. Varför du än lever är på grund av din far. Han förmår att betala för dina mediciner som håller dig vid liv. Det är inte alltid det hjälper er förvisso, de gånger jag inte lägga band på mig själv, men just du får andas ett tag till. Alla har inte din tur, men inte heller ditt lidande. Jag går nu, jag önskade endast att se din tapperhet; - säg mig, glädjs du över den?".
Mannen öppnade fönstret - och med hjälpen från sin rock, som nu var lika stark som de tårar pojken fällt, slingrade rocken sig ned mot husväggen likt en stupränna och mannen tog sig nu ned med hjälp av

den. När han lämnat rummet började lampan i pojkens rum att lysa igen. Det regnade fortfarande och gatrännorna var övermättade, likt de tårar som fälls av ett barn som förlorat sitt första husdjur. På vägen hemåt mötte mannen den våldtäktsman som är det vidriga näste som bygger hål i din själ. Över gatan under ljuslyktor beskådade han rasisten som är det råa skränet som förkastar din levnad. Mannen såg dem med sitt vitöga och såg sig själv. Han var både våldet och oordningen som det vidriga pengahungrande samhället prioriterade. Hans moral var kapitalet över mänskligt liv. Hans moral var livet.
Där många avfärdade djävulen, erkände dem istället honom.
Det sägs att lidelsen tvingar våra tankar in i en cirkel.
När döden ser tillbaka på

människans vandring genom historien, plågas den då av tanken av allt som gått förlorat? Plågas den av alla de lidelser som erkänts av kolonisering och imperialism, kapitalet och klerikatet?

Döden gör sig varken märkvärdig eller opålitlig för dess syfte. Den är överallt. Den är beständig. Det den däremot inte är, är att agera i lovönskade maner.

Frågan vi ska ställa oss är: *"Vad förblir dödens största trick?"*.

När mannen började närma sig sitt hem igen upptogs hans tankar av funderingar. Han tänkte: *"Vad har jag egentligen upplevt?"*, *"Vad försiggick omkring och inom mig dessa gånger?"*.

När han åter befann sig i sitt hem stegade han in i det enda rum han kändes vid. Han slog sig ned i sin fåtölj som var av svart sammet med invävda scener av spirade långstjälkande vita blommor. Överallt i rummet stod det askfat. Ett av dem stod på fåtöljens armstöd, två stod i fönsterkarmen nära dörren och fem andra askfat gömde sig i skuggorna i rummets alla skrymslen.

Det hus vari mannen bebodde hade flertal rum, för många rum för att han skulle orka räkna dem alla. Han var förmögen, så han hade råd med stora palats. Mannens stora förmögenhet var samhället, det gav honom en garanti. Han trodde inte att förljugenheten var anstötlig. Hans egendomliga egenskaper var hans yrkeshemligheter. Ofta vid sin hemkomst, brukade han sätta sig i sitt säregna rum i sin svarta fåtölj framför sitt porträtt. Ibland iakttog han det med en besvärande avsky, men inte allt för sällan tittade han på det med en särprägel stolthet, det var halva lockelsen i det hela. Mannen blickade nu mot klockan i rummet, *det var ännu dags på åter*.

I taket ovanför honom betraktade han sin fiolstråke, han sträckte sig mot den till hjälpen av minutvisarna som förlängde hans väsen i varje pulsslag. Han samlade stjärnorna på himlen och tillsammans utgjorde dem hans instrument, hans fiol. Inristat på fiolen stod det *Paganini*.

Han hade i tidens begynnelse fått den av samlade hoper i utlovandet inom det oändligas horisont.

Han lurade dem såklart. Han erbjöd dem blott ett kort ögonblick av lust, och ett rus inom vansinnet.

Han satte fiolen mot hakan och började spela över den med sin stråke.

Ingen var hans like när det kom till att finna de rätta tonerna för de lidande och betryckta.

Han inte bara spelade, utan också delade ut tonerna. Han var i ett mästerskap för de marterade själarna. Hans toner spelade i månljusfantasi och inbillningsgrotta: *"Håll andetagen i dig i beredskap, när jag för dig nu spelar om en kuslig utställelse, som jag var natt besöker"*.

Den dröm, i vilket de som befinner sig drömmer, berör dem som inte drömmer. Och det är hos dem han gömmer sig om natten.

Så fort någon annan drömmer för dig, återfinns det fara, en fara han spelar om natten.

Människornas drömmar slukas och hotas när han uppslukar dem.

"Den andres dröm är således mycket farlig. Drömmar har en fruktansvärd viljestyrka, och var och en av oss, är

62

ett offer för den andras drömmar" viskar han samtidigt som alla nätters drömmar börjar.

"Se upp för andras drömmar, för om du fångas i min fjärilshåv, finns det ingen återvändo". Hans melodier om natten önskar sig vara uppmärksammade om att människan bär ett medvetande. Hans syfte om natten är att syna ditt samvete, och vara sig varse om du var vaksam på alla de meddelanden som finns i all propaganda, publicitet och media. Han förblir alltid vaksam vid att se om du förstår att du befinner dig i ett postideologiskt samhälle. Han interpoleras ständigt av sociala myndigheter. Han talar ständigt om för oss att vi endast borde utföra *"våra plikter"*, *"offra oss själva"*, *"förverkliga våra verkliga potentialer"*, *"vara oss själva"* och *"leva*

tillfredsställande liv". Biografi, filmkonst, är hans mest ultimata verktyg för att bli varse om dina drömmar. Han ser till att filmer inte berättar för dig vad du trånar efter, utan hur de istället formulerar *hur* du borde tråna. Han själv bär på drömmar och visioner, och ingenting är för honom är fjärran. Vid midnatt bleker han månen. Under dygnets slag åberopar han sin ägande rätt över sitt liv, som han för andra förvarar i gömma. Han gör detta genom att lyckas gömma sig i fabriker i Bangladesh. Han återfinns i Afrikas magar. Han växer och frodas till hjälpen av Amerikas rättssystem. Han uppger aldrig sina skäl, då det är hans kunder som arrangerar dess anledningar, därav ropar han genom flertalet etablerades rikas munnar: *"Jag är okontrollerbar".* Mannen på porträttet har många älskare, och många värdar. Han är den universella förbisedda seriemördaren man stöter varje dag.

När människor i folkmun talar om honom kan han inträda på flertal vis. Han uppenbarar sig ibland som den agerande handen ini människans själv, som är den primära dödsorsaken till dess antal i miljoner. Döden är det permanenta stadiet, *alla levande ting kommer förr eller senare att dö.* Men visst är det människan och dennes ageranden som åter, och åter om igen, avrättar och förutbestämmer andra människors liv?

Mannen på porträttet var inte avbildad likt en svart skepnad med en lie i sin hand.

Porträttet levde genom tidens salong, ingen sol lyckades förmå att bleka de färger som var målade av de mest blodfattiga. Inget ljus förmådde att rättvisa det mörker i vilket det visades.

*

Natten var nu förbi.

Mannen närmade fiolen mot porträttet och plötsligt försvann fiolen i intet. Han tog sedan stråken och mätte den längs sin underarm när han sträckte sig mot taket i sin boning. Det kom rödorangea eldstrof från den kamin som gav värme till rummet, och svävade sig mot stråken. De dansade på damm som släpptes ifrån taket och nådde till slut fram till stråken, den brann upp i intet.

Efter sitt fiolspel betraktade sig mannen i en av hans speglar som hängde ovanför sitt konjakbord, han ansåg sin spegelbild vara varken mystisk eller livaktig.

Han såg förbandet med sig själv likt den matador som plågar tjuren, *för lekens skull.*

Han såg sig själv likt en

konstnär som valde ut sina ämnen: det var hans sätt att berömma. Han triumferade genom att rida på de människors ryggar som inte sökte sig till egna erfarenheter, då de inte heller förmådde att vara förtrogna till kunskapssökandets lidelser. Hans jämlikar var dem som ständigt jäktade och stampade på den stig som var av otålighet. Det tillät honom att falla i glömska om hur långdragen och bredbröstad den själ var, i vilket han hörde hemma. Efter hans nätters melodier står miljoner själar färglösa när gryningen möter dem, och de ofrivilligt ställer sig frågan: *"Varför är just jag förföljd och jagad av denna hysteriska och lidelsefulla pådrivare vars namn jag ännu inte är bredd att mätta?"* De önskar att få vila ut, men han låter dem inte. Var dag om på nytt tvingas de stiga framåt med sina såriga och trötta fötter. *Hur ser varje dags historia ut för dem?* Folklig är och förblir den mask som mannen bär. Den förmögna mannen som gestaltades i porträttet – om han vore att inför var natt glömma människors förgångna, deras härkomst, deras djuriskhet och deras samlade mänsklighet; - *skulle han då stå då oförmögen?* Om han skulle komma att lägga sig hand på din axel skulle den väga lika tung som bly. Mannen avböjde nu sin spegelbild och såg på åter istället mot sitt porträtt. Det hade lyckats att bestå sig genom tidens säsonger. Porträttet var målat av tre konstnärer. Porträttet var en påminnelse för mannen om hans elegans, men också hans brister, hans lust och hans fåfänga. Porträttet återgav inga direkta måleristiska estetiska brister som skulle förmås att uppmärksammas med endast ett enkelt ögonkast - men tittade man länge och närmre på porträttet, såg man att det brann i mannens ögon. Det var nämligen så, att en utav de tre konstnärer som avbildat honom, valde att måla mannens ögon likt den giriga eld som ödelägger marken från djup till avgrund.

Mannens strupe på porträttet var målad ur lindrande dov lila färg och fylldes av smärtor och botemedel, skuggor och illvilja i omfånget kring hans halspulsåder.

Slutligen hade en av konstnärerna valt att avbilda mannens mun lika klarrött och ljuvligt som ett kluvet granatäpple, hans kyssar var obestridliga. Han var inte heller målad i en kostym från en utdöd tidsålder, han var målad i sina egna kläder av sin egen tid.

Porträttet var för mannen förrädiskt på det viset, det stod sig alltid kvar, oberört men ändå befläckat. Konsten är mer abstrakt än vad vi inbillar oss.

Han tände en cigarett och ett ånglok av svart dimma bestred sig nu in i hans lungor.

Han frågade sig varför rökelse gjorde människan mottaglig för mystik, han figurerade med sinnet att det säkert var dess lust för att avslöja sinnena, likväl som själen hade sina andliga mysterier att avslöja – och de var omutbara.

*

Morgonsolen började nu lysa in i hans rum och skimrade på honom likt en tinning bakom en slöja mot hans fönster. På väggen ritades ett namn som skuggorna ifrån hans rum angav.

Han visste att det var dags att bege sig av. På vägen till sitt ändamål betraktade

66

han varje själstillstånd han mötte, han var i dem alla. Om mycket redan sagts om honom, skall det inte heller förbises att nämnas, att ingen teori om livet, tycktes för honom ha någon betydelse jämfört med livet självt. Han försökte att utarbeta varje veritabel doft han möttes av.

Solen lät alla fåglar kvittra, och morgonvinden var som en mjuk kofta kring hans leder.

Han hade nu äntligen nått fram dit han länge efterlängtat till att bli kallad. **Slutligen fann han henne**, den kvinna han sedan länge trånat efter. Sådana som kvinnan, lät han sig ofta köpas av. Men när han väl smakat dem och tillfredsställt sin intellektuella nyfikenhet klippte han deras vita nervtråd. Hennes tid var inne, och hon skulle få veta varför.

Han hade beskådat henne från den dagen hennes kropp för första gången hade mött regnet, hon var då 2 och en halv vecka gammal.

När kvinnan föddes bar hon en frisk färg och hennes ögon var livliga och vitala, men nu var de endast salvelsefulla. *"Ett vackert ansikte är blott en halv måltid"*, tänkte han när han såg på kvinnan. Hon hade ännu inte upptäckt hans närvaro. Han smög sig på henne och lade sin hand på hennes axel när hon stod i sin grandiosa klädloge. En känsla rann över henne, en fasa som var fylld med överväldigande skuldmedvetenhet. Hans ögon släppte aldrig hennes vaxgula blekhet när deras blickar möttes.

"Vad är det som händer med mig, vad gör du, vem är du?" frågade kvinnan. Mannen fick syn på ett av hennes cigarettpaket och tände en cigarett.

"*Säg ingenting*" svarade han. "*Jag har länge längtat efter att få vidröra dig, du är ohygglig men trots det har jag inte förmått att avstå ditt säregna inflytande du haft över mig. Från den första stund jag såg dig blev jag som helt besatt av dig, du skådade ett förkroppsligande som endast form och färg i olidlig förtrollning kan vara*".

- "*Jag förstår inte vad du menar, snälla jag kan inte andas, låt bli mig*" svarade kvinnan.

Mannen stod inför fulländningen och betraktade henne likt en lotusblomma. Han svarade: "*Du är rädd att förlora det du har, ditt främsta kännetecken är din gränslöshet. Säg mig, de människor, varor och pengar du levt efter, har de inte lett till förödande exploatering? Dina behov efter nya produkter och levnadsstandarder jagas ständigt av dig över halva jordklotet, och överallt måste du innästla sig, överallt slå dig ned och överallt skaffa dig nya förbindelser. Du fick för några månader sedan en man att ropa efter mig när han satt ensam i sin källare. Han ropade efter mig för att du vägrade erkänna honom. Det ska inte spela någon roll för levandets varande, så säg mig – varför gör det då det?*". Hans försäkrade kvinnan om att hans visshet fanns i varje ögonblick. Han kysste kvinnan och genom sina läppar emot kvinnans, visade han allt det hon orsakat under sitt levande. Ett dragspel av minnen flödade genom hennes hjärtas alster och huvuds hemligheter.

Hon hade sedan ett tag sedan förlorat bekantskapen med sin dotter pga sin enfaldighet.

68

Hon skulle aldrig mer få komma att få se hennes varma röda lockar.
Hans röst målades nu med hjälp av de färger hon erhöll i sitt hjärta och sade: *"Känslorna är en del av människans medvetande, genom dem kan hon reflektera över sig själv och sin situation. Eftersom jag inte infinner mig på avtalad tid gäller det att förhålla sig närvarande till min akt i det närvarande, säg mig har du inte överlevt på andras lidanden? Har du inte frossat med kapitalet och mättat din girighet?"*
Överallt i världen frågar sig dem som inte har råd att betala avgift till mannen, när han berövar dem på både mat och boende, värme och trygghet: *"Du har mig granskat och bestridit, prövat och berövat".*
Han lät kvinnan höra berövade själar skrika ut till överflödet hon

bejakade över andra att *"När vi dricker av världens vatten, säg oss, smärtar det er att vi er besjälar?"*.
Medans kvinnans hjärta läkte, dog hennes själ.
Där mannen befriade gamla och sköra, hemsökte och retade han dem som levde under orättvisas åder. Mannen var inte skadefri, det var endast han som kunde beröra tungsinnets bittra kalk.
Han straffar, avgränsar och ändliggör.
Han är en tuktomästare som endast fruktas av den som inte känner honom, medan den älskas av den som välkomnar honom.
Han formar de som inte förmår att köpa sig förlängt liv till *lidelsefärgade liv.*

Kapitel 5.
Lidelsefärgade liv

I en tid efter människans kvarlevande, efter det att hon förstörde jorden under penningbegär, girighet och ignorans.
Överallt på jorden infanns nu istället en annan härskande art, *råttan.*

*

Det var den mänskliga kulturens oombedda följeslagare. De vars ryggar som glänser i månskenet och dess rörelser som är lätta och dansande genom nattens kyla.
De som kastar med sina huvuden och vars ögon blänker liksom den jord de förlösts och krypet fram ur. När vi hör dess anseende, *"råtta"*, är det kanske vårt mest innersta och hemligaste liv som darrar och reser sig till skydd.
Men trots det, *ur dess jord,* strömmar räddande krafter.
För ur jorden, *ur* luften strömmar bevarande krafter till råttorna likt som till livet självt.
För ingen varelse, betyder jorden så mycket som för råttorna. De andas ur jorden, och när de pressar sig emot den, både häftigt och länge; så förblir jorden, råttans enda vän. Den blir dennes broder, dennes syster, dennes mor och dennes far - och råttan stönar ut sin fruktan och sina förtjusta skrin mot jordens tappra tystnad.
Råttans skarpa sinne, och dess allätarnatur satte dem i ett stånd att finna sig tillrätta överallt även ovan jord, efter det av människans globala förfall ur dess fortskridande miljökatastrofer.
Det möjliggjorde således att råttorna spred sig över hela jorden trots tillblivelsens förödelser, och de anpassade sig till mycket olikartade miljöer

då råttan av sitt slag är adaptiv utan dess like. Överallt lyckades de största av råttor till storlek innästla sig, överallt slå sig ned och överallt skaffa sig förbindelser. Dessa nya världsordningar skulle visa sig vara ödeläggande för somliga råttor, detta genom sinnets förslag och av systemets nedslag, och de blev försatta i fördärvet, då de ansågs som svaga råttor pga deras utformning i dess olikheter jämfört med de råttorna av magnifik storlek.

De som lyckades vålla störst avbräck över världens vidder med allt vad de åt upp, gnagde sönder eller smutsade ned var brunråttan med deras oerhörda fruktsamhet. Detta medans svartråttan passivt vacklade sig fram med förtryckta existensvillkor. Svartråttan var utrustad med en längd på 20 cm, och var således i underläge till brunråttans mastiga 45 cm utsträckning i kropp. Den svarta råttan ägde däremot desto större öron och svans är brunråttan, vilket gjorde den häpnadsväckande elegant i kontrast till brunråttans beskaffade små öron och deras korta svans.

Många svartråttor var darrande, då de infann sig att leva under förlägenheter, och de längtade tillbaka efter en värme och ett liv i ur en tid som var för länge sedan. Det var också dessa råttor som inte kunde härda ut om de inte vore för sin tröst och illusion; och de råkade i förvirring inför förtvivlans nakna bild när de motvilligt av dagarnas omfång infann sig själva igen i avgrundens fördärv och barbari.

Svartråttorna var inte tillåtna att träda uppå jordens yta om de inte vore att infinna sig i tjänstgöring det vill säga, och då beordrade att odla svamp. De odlade svamp på organiska material som kartong, papper, halm, sågspån, eller gammalt bomullstyg. Och skördens plantage var byggda hus av gamla halmbalar och lerputs. Den mest ädla svampen de odlade var ostronskivling.

Svartråttorna hade inte under de senaste åren fått smakat av denna ljuvliga smakfulla svamp, den var endast menad för brunråttorna.

Men åh, de alla av svarta råttor visste vad svampen var av för godo. Sånger som mättes i tiden sjöng om svampen, och att svampen var en av få organismer som ordentligt kunde bryta ned lignin och spelade därför en väldigt viktig roll i jordens ekosystem. Svartråttorna arbetade med att pastörisera och sterilisera jorden för att hämma

konkurrerande organismer som mögel och bakterier innan den valda svampen av ostronskivling introducerades för brunråttorna.

Utöver dessa principer var svartråttorna endast menade att leva under jorden, i avloppsledningar och i djupa mörka avgrunder för andra sorters omfattningar kring vida arbete.

Det var i en tid varur världens jämmer, och en tid av kreaturens suckan; en vild, fasanfull smärta, som stönade genom denna tid.

Men *en* råtta drömde om ett obestämt, rödaktigt ljus som skulle ligga från horisontens ena ände till den andra.

Och blodet hade länge under hans kolsvarta pälskappa drivit upp både fruktan och oro i hans tankar.

Det var inte allt för sällan hans slag såg utslagna

kamrater i kloakernas avgrund, och på somliga var bukarna uppslitna, och deras tarmar hängde ut. Detta var gjort åt dem då de ej längre hade orkat att arbeta mer.

Hans likar var både magra och uthungrade. Deras mat var så dålig och tillsatt med så många surrogat, att de blev sjuka av den. De var råttor med undergivna ansikten och hopkrupna gestalter, som endast fanns fördömda till att leva i mörker, befallda att antingen arbetas ihjäl ovan jord eller att falla i andnöd med gruvdrift under jorden. För många år sedan hade de lyckats smuggla ned både svamp och te till sig som åtminstone gjorde livet uthärdligt då de levde på överlistens anda, men det hade blivit desto mer omöjligt längs med tiden att oförmärkt ta ned föda till underjorden. Barrikaderna och dess gångar hade blivit desto

mera övervakade, och dem som upptäcktes i sin smuggling var dömda till döden av brunråttorna som sedan festade på deras underlikars kött.

Svartråttorna fick endast leva kvar som art då de ansågs vara en skicklig arbetskraft med sina lättarbetade kroppar åt imperialistiska styrande brunråttor.

*

Just denna kväll, var en av de hårdaste av nätter då kylan grep tag i landskapets alla råttor, och orsakade dem alla en av bitighetens suckan.

Dimman låg i brösthöjd över ängarna, och ur den vita dimman syntes ett nickande huvud längs med landskapets sammanflytande avgrund. I täten av alla ängens strån var den minsta svartråttan som jorden någonsin uppburet under sitt långa liv.

Men det råttan var

begränsad med i storlek var han istället benådad med i kurage.

Han tog sig upp med hjälp av en hemlig gång från underjorden till ytterskiktet. Han var listig och förmögen med sina tankar. Han hade under en halvårstid utgrävt en tunnel, som denna kväll, skulle hjälpa honom förse sig upp markens avgrund. Han smög sig närmre några brunråttor som vaktade den kanal som var vägen över till friheten, där dess blomster och grönska av både hasselnötsträd, te och andra förnödenheter räckte och fanns över till alla om så skulle anses vara av en princip. Brunråttorna hade länge varit härskande då de var evinnerligt starkare och större än svartråttorna till storlek, och således också då ansågs vara av en mer högaktad art.

Skulle brunråttorna, denna kväll ute vid ängen, få syn på honom, var historien av följande slag att de skulle bita sönder hans öron och riva upp hans buk och låta honom ligga vid plantaget för att påvisa *"vad som händer med en råtta"* som inte följer anvisningar. Det hade hänt fåtal gånger vid följande rymningsförsök bland svartråttorna.

Han såg brunråttornas gestalter röra sig i mörkret framför dem, som enfaldiga storkar. Ofta stod de flera stycken bredvid varandra. *"Jag blir retad av att se dem inta aftonvarden på detta vis, jag skulle vilja slå en trumvirvel på deras tjocka skallar"*. Tänkte råttan vars drömmar var lika stora som de utmaningar som anspelades framför honom. Men han var i synnerlighet en märklig råtta bland sitt slag. En som vågade drömma, en som vågade lyssna på sina kamraters förfärliga klagande, stönanden och jämrande. Han var den som då svarade dem ”*Vi måste köra vårt evinnerliga ställningskrig!*”.

Denna råttans jämrande tapperhet, hans ändlöshet och fasor bars upp av namnet Edelweiss.

Han hade fått namnet av sin mor när han föddes då han var en råtta svartare än kol, men med de mest sköra, skär vita öron, hon någonsin beskådat under alla sina år som råtta.

Hon berättade för Edelweiss då han var liten att otaliga unga män för livstider sedan riskerade sina liv i försök att hämta den unika lilla blomman Edelweiss på de högsta av bergstoppar, vars var namnet till dess betydelse (ihärdighet), och sedan ge den till sina brudar.

Edelweiss, *råttan*, skulle komma att leva upp till sitt namn; *en blomma för en blomma.*

Han smög nu vidare längs bredvid ängens stråk, försiktigt och varsamt så att han inte skulle bli upptäckta av tyrannerna vars kroppar var robusta. Månen stod på himlen och speglades i kanalens vatten. Nattluften svalkade hans heta kropp som var eldad med både fasor och lågheter, smärta och himmeltoss.

Han fruktade dem, och dess ledare. En ledare som bar allt förutom ett mjukt hjärta, utan hade en hård enfaldig vilja som inte lät sig kuvas av sådana han ansåg vara av lägre väsen än han själv. Och han njöt obeskrivligt av att veta att alla fruktade honom för hans makt.

Edelweiss, då han infann sig i arbetsgörandet, hade aningslöst för några veckor sedan, föreslagit att odlingen hade varit desto mer effektiv om de hade börjat odla svamp på stockar istället. Det hade effektiviserat dess arbete samt låtit hans liknar slippa slitet av pastörisering och sterilisering av jorden. Edelweiss hade samtligen upplyst om att tiden inte kunde vara mer lämplig då vårvintern är den bästa tiden för detta. Han hade också, utan att ha tänkt sig för, sagt att han anat att det både fanns god och relativ färsk bark bortom kanalens vidder dit han ej var menad att ens uttala sig om, knappt ens ha tillåtelsen att vara medveten om. Svartråttan var inte att tala om omgivningens alla ekar, lönn eller bokar.

För dessa uttalanden ansågs Edelweiss vara en farlig uppviglare, och han blev straffad med att bli biten i sitt ena öra. Han skulle aldrig mer vara sig lik som från den han var född till i uttryck.

Edelweiss kunde inte vänta längre. Vad fanns det att vänta på? *"De som förtrycker andra, och ser till att andra aldrig mer ser solljuset mer än under begränsade timmar, de som styr enfaldigt; är ämnade till slut att överkommas"*, tänkte han. Han visste att denna natt var hans enda chans att ge sig ut bortåt kanalen, även om den så var övervakad. Han var tvungen att ta sig till en mer levande jord där andra skulle kunna komma att hjälpa hans liknar ur fördärvat. Och han skulle i gengäld lova att i ett gemytligt utbyte erbjuda del av all den skörd som han visste att han skulle kunna bistå dem alla med, med hjälp av sina agrikulturistiska idéer.

Ja, Edelweiss var en besynnerlig råtta. Hans små tassar tog honom över ängen, och han smög sig försiktigt fram genom dimman som kylde hans öron, och han gjorde allt för att inte bli upptäckt då

det för honom skulle
innebära döden.
Ovan honom strövade det
en hök. Under sina
förtrycka år som råtta hade
han sett flera fallna
kamrater till driften av
hökens villkorliga
existens. Men Edelweiss
var svart som självaste
hökens ögon som nu ovan
svävade honom, så den
förbi gick sina mest
instinktiva skarpheter, och
förbisåg råttan som smög
sig framåt nedan sig.
Edelweiss, liksom alla av
hans slag, var en
formidabelt duktig
simmare, och med hjälp av
sin slanka kropp och långa
utformade svans gjorde
honom en frände med
vattnet. För cirka 1 år
sedan hade Edelweiss och
hans ena kamrat Knorring
smusslat svamp genom en
av kanalernas mynning
ned till jorden. De hade
under ett gediget försiktigt
arbete under tiden av 24
månader bytts av med att

gräva vattentunnlar då de
samtidigt hade turen att
vara införställda i arbete
med att lerputsa halmbalar
bredvid längs med
kanalen. Det var denna
väg Edelweiss nu skulle ta
sig hjälp av för att lyckas
ta sig till andra sidan av
kanalen, men det
innefattade en stor risk.
Vattenledningen under
jorden han och Knorring
grävt, skulle endast ta
honom ned till underjorden
- *igen*. Men han hade en
plan. Han skulle agera
byte, eller mer korrekt
agera ett irritationsmoment
för de som önskade att
leva i tystnad, ensamma
och isolerade för andra
varelser. *Ålen.*
Edelweiss hade försakats
från Knorring sedan ett år
tillbaka då Knorring, fallit
i död, under orsaken av
gruvdrift. Edelweiss
skrapade nu sina små
tassar i jorden på ängen
framför kanalens stråk och
spottade sedan på dem för

77

mod. Han slickade sedan på dem med sin lilla tunga som smakade en tår av saknad till Knorring. Han spanade över brunråttorna som stod vakt som ännu inte lyckats upptäcka honom, men nu kom nästa potentiella fara.

Han viskade för sig själv och till Knorrings efterlevnad i honom, det de lovade varandra att alltid komma ihåg när de tillsammans grävde i vattnets undanskymdhet: *"En ål glider över leran, tillbaka ned i vattnet. Med varje mekanisk skopa av sediment skyfflar dem ålgropar för att gömma sig, låt dessa ålgropar inte bli råttans fallgropar"*. Edelweiss dök ned i vattnet och simmade kraftfulla slag med sina små ben och tog kärnfulla svep med hjälp av sin stora svans i vattnet. Han simmade ned mot hålet som ledde honom till underjorden igen. Han höll andan och väntande. Han bet sig själv i låret för att utsända sitt blod ut i kanalens drift. Det enda han kunde göra nu, var att ivrigt invänta att en ål skulle känna hans slag i vattnet. Vibrationer i vattnet började anfalla honom, och han blev rädd. Edelweiss hade inte mycket syre kvar i sina lungor och viftade sin svans mot sidan av mynningen till hålet, i förhoppningen att en ål skulle simma rakt dit och göra ett bastant hål i vattnets lera, som skulle kunna förse Edelweiss att gräva sig upp mot ytan till andra sidan av kanalen. Men vad som nu skulle komma att ske, var långt ifrån det som Edelweiss hade tänkt. Ålen kom i en susande fart mot honom med de mest kyliga blåa eländiga ögon han någonsin skådat. Den bet tag i Edelweiss svans och bet på den med sina vassa tänder. Edelweiss började skriva och försöka ta sig loss o vattnet med det var förgäves. Han visste inte längre vart han var någonstans i djupets hålor, och han kunde snart längre inte hålla andan. Han kastades in en lergrop och blev slagen med ålens långa slemmiga kropp. Edelweiss såg nästan ingenting. Men för blott en sekund lyckades han återfå sitt medvetande och blickade ut mot ålens huvud med vars ögon som stirrade nitiskt på honom. Det var som att han såg månen igen. Han funderade: *"Vart är jag någonstans, är detta jag nu befinner mig i vatten eller på land"*.

Och precis när ålen skulle simma iväg hände det något alldeles förtjusande. De var det mest skärrande stora tassar Edelweiss någonsin beskådat som kastade sig ner i ett bestånd ned mot vattnet.

Det var tassar som var 10 gånger så stora som hans egna. Ålen började väsa i vattnet och slog sin kropp mot kanterna i leran så att vattnet blev desto mer grumligt. Edelweiss försökte simma iväg, och när han lyckades simma ur den lergrop vari han var placerad av ålen, tog ålen en sving mot Edelweiss så att han flög upp ur vattnet och landade på land. När han öppnade sina ögon blev han mött av ett odjur. Han hann inte att tänka. *"Vad är detta"*, tänkte han i korta sekunder fulla av adrenalin.

Han möttes av orden: *"Åh ne men se här, en liten råtta. Ert slag har man ju inte skådat sedan evigheter då ni manövrerade ert land bortom krönet. Omöjliga att synas till med hjälp av era baracker. Men man skådar allt, en sån liten råtta vi här. Jag undrar, ska jag leka med dig nu istället, då du fick*

mig tappa fokus på ålen
när du kom flygandes upp
som ett litet klot mot
marken".
Edelweiss var helt låst ini sin kropp. Han hade aldrig skådat en katt.
"Ja, något vidare på att fly
är du ju inte i alla fall.
Seså, spring iväg i rädsla
så jag får jaga dig. Det är
roligare så förstår du din
lilla råtta", sade katten på åter. Edelweiss svarade katten: *"Nej om du önskar*
att ha ihjäl mig så var så
god ditt åbäke".
Katten blev förnärmad och slog till Edelweiss med sin ena tass så att blodet i råttan började pumpa och han sprang iväg i ett tappert försök. Katten låg bakom honom, lekandes med sin smidighet och ett ohyggligt leende som utstrålade övertag.
Edelweiss var rädd när han sprang. Även om han aldrig skådat en katt innan så var hans väsen visso om att detta djur skulle kunna komma att skada honom i ett enkelt nafs om den så bara önskade. Edelweiss skrek ut mot katten: *"Med*
ett ord sagt är han den
driftigaste och klokaste
hushållare man vill se, han
hade kunnat göra
underverk, men nu gör han
endast bara storverk!".
Det var en chansning utan dess like som antingen skulle fånga kattens uppmärksamhet riktad till dennes fåfänga, och utfallet skulle antingen vara belönande eller bestridande för Edelweiss överlevande. Katten stannade upp: *" Vad är det*
du vill få sagt din lilla
råtta? Jag gör alltid
storverk, ja. Det ligger i
min beskaffenhet. Jag är
både större, smidigare,
smartare och listigare än
dig. En råtta borde inte
tala om underverk, ett
underverk hade varit om
du hade förstått att du
skulle vara tyst."
Edelweiss svarade honom

med andnöd i strupen:
"Och ändå dödar du för nöjets skull".
Katten han hade mött var ovanligt rå, och av sitt slag en okunnig och obildad katt, men naturen hade trots allt begåvat honom med ett huvud som ändock var öppet för allt som kunde bidraga till befrämjande av hans egennytta.
"Jag måste säga dig råtta, ditt huvud under det där ena trasiga örat du tvingas bäras med, är du allt uppfylld med både uppslag och finurliga utvägar",
"Jag har inte längre lust att leka med dig, du får gå din väg". Edelweiss satt kvar på marken. Katten började istället gå därifrån längre bort mot mörkrets dunkel i natten. Edelweiss, var på ett sätt; fri. Men han tog sig till sitt förstånd igen och infann sig i ord;
"Ingen är riktigt fri förens alla är fria". Men han infann sig trots allt detta i

landskapet med en rentav njutning. Han somnade i naturen, fri från sin bur.

Han befann sig i ett land han inte var van i. Detta var en mark där andra små varelser skickligt klänger omkring och bygger små runda bon mellan stråna. De vi nu talar om, har en mjuk tät päls som är vackert rödbrun, men som på deras buk är vit. Och de trivs som allra bäst i sädesfält, vassar eller sanka områden.
"Attack!" skreks i en ofantlig stämma som var pipig men ändock så auktoritär som den kan vara, från en ledare vid namn Micromys Minutus, ledare av näbbmössen. Edelweiss vaknade. Inte för en sekund tog näbbmössen bort blickarna från den råtta de nu funnit i sitt land. Uppfyllda av andakt smög de sig sakta närmre honom, och jorden knastrade under deras små

tassar. Edelweiss såg sig omkring samtidigt som han blev omringad. Han befann sig sanningsenliges namn i ett av himlens under av trädgårdar! Rabatterna var formade i eleganta krusiduller och inramade av vridna och snodda buskar. Edelweiss satte nosen mot skyarna och sög in vällukten.

Han tänkte: *"Jag begriper det verkligen inte, varför ondsinta skall skygga och hålla till gömma allt dylikt av detta vackra som jag nu beskådar, men de klart; för oss av mitt slag - är det ju redan uppenbart"*.

Edelweiss stod nu omringad av en trupp näbbmöss som iakttog honom från huvud till svans.

"Det var länge sedan vi såg sådana som du" sade dess ledare.

"Hur kommer det sig att du korsat kanalen? Vi skulle aldrig träda nära där igen. Tyranner är vad ni är, din sort. Vi har förstått att er mark är god åt många, men ni envisas att kvarhålla den för er själva, era antagonistiska råttor".

Edelweiss tittade upp mot näbbmössens ledare och svarade honom att han förstått allt fel.

"Nej du förstår inte herr näbbmus, sådana som mig, min art, svartråttorna är lever i förtryck av andra råttor, brunråttorna; det är dem du talar om. De tvingar oss att arbeta i eländiga förutsättningar... Det var knappt att jag lyckades ta mig därifrån. Men jag var tvungen. Något måste göras".

Edelweiss tilläts att prata. Och näbbmössen lyssnade tills visor desto mera och var längre inte i ett förstånd att attackera honom när han talade om krig och politik, om bestånd och revolution. Men det var inte lätt att skaffa sig ett tillräckligt stort tålamod för att orka på hans långa välformade meningar, fullspäckade med massa visioner och litterära fraser. Tillslut i publikens massa av alla dess näbbmöss som ihärdigt ändock hade lyssnat till Edelweiss trädde nu fram en släntaxlad näbbmus, iklädd en smultronfärgad päls, och han upprepade Edelweiss ord.

"Krig, politik...revolution...? Ser du inte att vi har det bra här, din råtta. Vi har lyssnat länge och noga på dig nu, men du har inte ens bemödat oss med att berätta ditt namn. Hur skall vi veta om du är en spanare eller ej av alla ni råttor bortom västfronten? Kanske du här och nu kartlägger en plan som du senare kan tillgå dina råttlikar med, och vidare anfalla oss och ta över vårt land, precis som ni gjorde med ert lantbruk

därborta".

Edelweiss stod häpnad. Aldrig hade han blivit så avklädd under så kort tid med så få ord fast med så mycket misstanke. Och allra minst anade han att när dessa gånger väl skedde, att det skulle vara av en näbbmus. Inte för att Edelweiss på något vis ansåg näbbmöss vara av ett mindre högaktat slag än honom själv, men mer för att han hade lärt sig av sin mor när han var en liten råtta att näbbmöss aldrig talade, utan endast var nöjda med att slå ihjäl den tid de så mycket arbetat för att få ihop, på att åter sätta fart i arbete. Han trodde helt enkelt inte att de var ett särskilt finurliga möss. Edelweiss beskådade att de andra näbbmössen, t.o.m. dess ledare hade respekt för den näbbmus som precis hade talat, då de tittat mot honom högaktat när han väl frågat ut Edelweiss.

Han tittade åter mot näbbmusen och svarade honom: *"Jag är ingen spanare. Jag önskar endast att samla hjälp och kraft av andra för att återta mitt land med mina likar. Jag är övertygad att jorden vi brukar är menad för fler än vad den är avsedd för nu."*

Näbbmusen stirrade på Edelweiss, och tassade sig närmre honom, han frågade: *"Är du troende råtta?"*.

Edelweiss förstod inte hur det skulle vara relevant, men han gav ett svar även om det inte var det svaret näbbmusen hade hoppats på att få höra.

"Jag söker endast hjälp då vi svartråttor är underbemannade i antal om vi skulle önska sätta oss upp emot brunråttorna".

Och som belöning om ni hjälper mig och mina familjer är allt det jag sedan kommer skåda,

också ert. Vi skall inget privat att äga, och således då samtidigt äga allt".

Näbbmusen gjorde några alerta steg och fintade Edelweiss, han tog sig upp mot Edelweiss rygg och bet tag honom i samma öra som var sig tidigare skadat så att Edelweiss började att blöda. Han väste till och gjorde ett försök till hjälp av impulsens slag att fånga näbbmusen vid dennes svans för att ruska om den, men Edelweiss stod chanslös jäntemot näbbmusens smidiga steg. Åter igen stod musen på plats framför Edelweiss, och nu tog sig ledaren framåt Edelweiss och detta med sin snabbe kompanjon vid sin sida.

Ledaren frågade:
"Är du ingen troende råtta herr Edelweiss?"

- *"Nej sannerligen inte. När man allt sådant, med allt det förtryck, prejerier och bedrägerier, som*

84

allmogen av råtta behövt utstå, överväger, bör man ej undra, att herre och fiende anses av dem för synonyma".

Ledaren tittade ut mot sina möss och sade dem i hög stämma: *"För rebellen är hans mage och matsmältning fakta, som han är mera förtrogen med än andra råttor, möss, sorkar, rävar eller andra av dess naturs slag".*

"Du får följa oss Edelweiss till våra hem, vi skall samtala mer där".

De smög sig framåt längs med gångar i det täta gräset. Deras svansar utgav hälften av deras kroppar. De lös som koppar under solen när de rörde sig framåt i små trupper.

Ledaren talade ut till sin son som var den mus som tidigare ifrågasätt Edelweiss. Han sade honom: *"Man kanske kan ha stor nytta av honom, den där Edelweiss, om*

man vill följa hans mångahanda utvägar och hans kännedom av det nyssnämnda landet. Det skulle även hjälpa oss. Men det krävs en vaken blick för att skilja på vad som verkligen är gagneligt eller enbart skenbart uppvisar fördelar, under vilka hans egennyttiga syften gömma sig".

Men sonen lyssnade inte till sin fars ord. Han fortsatte att blicka mot Edelweiss flertal gånger och visade upp sina små tänder i avsky mot honom. När de vandrat en stund var de slutligen framme. Vid deras små runda hus mellan gräset. Men när de var framme började marken inunder dem börja vibrera. Deras ryggar var inte längre av koppar under solen, utan snarare blekta av något som dolde dennes strålar. Det var katten som Edelweiss tidigare under natten bekantat sig med.

Då näbbmössen var fullt fokuserade på Edelweiss hade de låtit spaningen på sin omgivning falla i glömska, och katten hade lyckats smyga sig nära inpå dem, *och nu fångat en av dem.*

Allra minst den smultrosklädda musen som tidigare varit så oförfärad i sin föring, var nu som allra mest i underläge, av en som för mössen betraktades vara en beständig fara.

"Dig har jag väntat länge på att få äta, din dristiga lilla mus. Du har undgått mig länge med dina raska små ben, men faller bäst som faller sist".

Näbbmössen fann sig i förtvivlan i skuggornas gömmor vid gräset, Katten hörde inte deras gräll men det gjorde Edelweiss, de var ju på något sätt ändå besläktade, råttorna och mössen.

"Katt!" skrek Edelweiss. *"Ne me ser man på...det är visst råttan som berövade mig på leken igår natt. Vad gör du bland mössen? Nej svara inte, låt mig tänka... åh; nu har jag det- du önskar upplysning av undersåtar... och att själv och fritt kunna underrätta om råttornas torvor, nöd och brister, för att desto lättare dem förekomma och rätta".*

Edelweiss svarade katten något han hade hört mätas i sånger om katter och dess lynne och karaktär, och han chansade åter om det skulle leda till överlevnad eller förolyckande:

"En alla av lasters träl, som blott är av högmod, som uppå andras fall sin ära söka bygga, men ändock alltid färdig var att sina löften skygga, som alltid ville smickrad bli, full av hämnd på idel illgrepp, som håller egennyttan redo, och alltid sina byten spar,

jag känner ren hans bild:
En katt det säkert var".
Katten blev på åter
överrumplad av Edelweiss.
Den bet musen över
ryggen och kastade sedan
ned den mot backen och
sprang sedan bortåt
gömmorna där
samvetslösa hör hemma.
Näbbmusen tittade mot
Edelweiss.
Hur skiftande ett ansikte
kan vara, fastän det bara
för en timme sedan var
främmande för en och nu
är fyllt av en ömhet, som
egentligen inte kommer
från ansiktet själv; utan
från självaste solen, blodet
och världen, som tycks
stråla samman i det.
Han sade Edelweiss:
"Hemma har jag en stor
fruktträdgård och
körsbärsträd. När de
blommar, ser de det ut som
ett enda stort lakan
uppifrån höstkullen, så vitt
är det, ni alla skall komma
att få se det".

Avslut

*Att tvinga en annan till en
viss ståndpunkt eller åsikt
är aldrig detsamma som
att den andre intar den
ståndpunkten eller åsikten.
Jag önskar enbart med
mina texter, att få den som
läser att bli uppmärksam
på det jag önskar
förmedla.*

*Existensfilosofi, kanske
förstås bäst med hjälp av
fiktionsgestalter.*